全民阅读书香文丛

# 书人至乐

杨成杰 ◎ 著

上海科学技术文献出版社

图书在版编目（CIP）数据

书人至乐/杨成杰著．—上海：上海科学技术文献出版社，2018

（全民阅读书香文丛）

ISBN 978-7-5439-7665-8

Ⅰ．① 书… Ⅱ．①杨… Ⅲ．①随笔—作品集—中国—当代 Ⅳ．① I267.1

中国版本图书馆 CIP 数据核字（2018）第 152088 号

责任编辑：王倍倍
封面设计：许　菲

---

书 人 至 乐
SHU REN ZHI LE
杨成杰　著
出版发行：上海科学技术文献出版社
地　　址：上海市长乐路 746 号
邮政编码：200040
经　　销：全国新华书店
印　　刷：昆山市亭林彩印厂有限公司
开　　本：787×1092　1/32
印　　张：8.75
字　　数：154 000
版　　次：2018 年 8 月第 1 版　2018 年 8 月第 1 次印刷
书　　号：ISBN 978-7-5439-7665-8
定　　价：30.00 元
http://www.sstlp.com

# 目 录

下辑　尽读人间未见书

## 苦心经营一墙书

1987 年 11 月，齐白石的高足、著名金石书画家李立先生赠我一个条幅，上书"读万卷书，行万里路"，题款为"成杰同志藏书正多，篆此为赠"。李立先生说我"藏书正多"的时候，我的藏书总量即已达到五千多册。整整三十年过去了，苦心经营了三十多年的宽高各为三米二的"一墙"藏书（上下八层，内外两层），总量还不够五千册。人家藏书是越藏越多，我之藏书是越藏越少。盖因我藏书的信条之一就是：藏书贵精不贵多。我的藏书之道就是"精书之道"。

不妨和盘托出我的藏书信条：

一、藏书贵专。要有专题，要成系列。不成系列的藏书谓之囤书。

二、藏书贵精。内容为王，品相至上。宁藏精品一页，不藏烂纸一箱。

三、藏书贵用。赏读研写，学以致用。藏书不用，等于没藏。

20世纪70年代，全国书荒。能够"淘"到的书，除了鲁迅著作单行本，就是贺敬之的《放歌集》，郭小川的《郭小川诗选》，李瑛的《枣林村记》《红花满山》《难忘的一九七六》，小说和电影文学剧本《闪闪的红星》等。这一时期的藏书，现在还留在书柜里的，除了上述几种外，还有几种由第二炮兵政治部、东海舰队政治部、北海舰队政治部1967年、1968年编印的64开红塑封烫金封面的《毛主席诗词》。这几种精美的"红宝书"是我花了几十斤粮票从一名下乡知青手中换来的，现在已成为红色收藏的精品。

就是这样为数不多的十几本藏书，点燃了我青春岁月的一段浓浓诗情。1974年至1979年，我在《湘江文艺》一家刊物就发表了二三十首充满革命激情的诗。可惜当时发表的作品，只留下了剪报，没留下样刊。仿佛是有天意，2003年夏天，我从《旧书信息报》上看到河北张家口市一名书友转让《湘江文艺》1974年至1979年合订本，当即汇款80元，购到了这套品相绝佳的精装合订本，纳入藏书"编制"，永久珍藏。

20世纪80年代初开始，我在高校教书。这个时期好书出了不少，书价也很便宜。我便利用微薄的薪水和同样微薄的稿酬，开始了"疯狂"的购书行动。除购进一大批赖以充实教书本钱的"中国古典文学基本丛书"、"中国古典文学理论批评专著选辑"丛书、"汉译世界学术名著丛书"之外，还以十分低廉的价格购进了人民文学出版社1981年版《鲁迅全集》，中华书局1979年版《全宋词》和《全金元词》、1982年版《全清词钞》和《先秦汉魏晋南北朝诗》，湖南人民出版社出版的二十余种"骆驼丛书"，岳麓书社出版的19种周作人作品集（精装8卷）和10来种"明清小品选刊"丛书，以及周作人《知堂杂诗钞》、聂绀弩《三草》《散宜生诗》等数百种名家诗文集。

20世纪90年代以来，书价飞涨，好书渐少。我则采取"紧缩货币"政策，坚持"宁缺勿滥"方针，谨慎选购部分精品书籍。十几年下来，"淘"进了数以百计的精品书籍，又"淘"掉了数以千计的次精品书籍，能在"书墙"上生根落户的屈指可数。有资格稳居书柜中的仅有这么几部：黑龙江人民出版社1991年版《郑逸梅选集》，百花文艺出版社1992年版《孙犁文集》珍藏本，浙江古籍出版社、浙江教育出版社1997年版《夏承焘集》，北岳文艺出版社2002年版《沈从文全集》、大象出版社2003年版《世界华人学者散文大系》。

90年代以来耗费精力最多的还数人民文学出版社的"世界文学名著文库"。这套"文库"包括古今中外文学名著200种，229卷，被称为文学出版中的"三峡工程"。从1993年11月出版第一批20种，到2002年4月全部出齐，人民文学出版社用了整整10年时间，推出了这套世界一流作家创作、中国一流翻译家翻译、且装帧一流、印刷一流的品牌"文库"，我则花了整整10年的时间，燕子衔泥式地购进了这套"文库"中的200种、229卷，全部为一版一印或收入"文库"后的一版一印。在这10年中，每次进入大小书店，我搜寻的首选目标，就是这套"文库"，发现一本，购买一本。为了配齐这套"文库"中最早出版的十余种作品，我曾三次利用到北京出差的机会，"深入"朝内大街166号，找到人民文学出版社发行部，从该社的仓库和样书库找到这些"早期"出版物。现在，这229本整齐划一、绸面精装、灰绿护封、高贵典雅、排列起来足有六米长的"文库"精品，就摆在"书墙"的正中位置，占了"书墙"五分之一的篇幅，日日昭示着世界文学宝库的博大精深与精美绝伦。

进入新千年，倍恋旧世纪。当新书出版到了"无书可读""无书可藏"的境地，不少藏书爱好者便把目光转向古旧书收藏，我就是其中一员。古书不敢问津，旧书情有独钟。我把收藏的重点锁定在20世纪旧体诗词线装本，先后从北京市中国书店、天津市古籍书店、上海福州路古旧书店、南京市古旧书店、深圳尚书吧以及北京潘家园、上海文庙、长沙清水塘等地的旧书摊淘到了两百多部旧体诗词线装本。其中稿本十来部、木刻本十多部、油印本数十部、铅印本一百多部。较为珍稀的稿本有戴恩溥（瞻原）《见山楼诗稿》、马国均《小休堂未定稿》、萧艾《风雨楼诗剩》；较为珍稀的木刻本有赵椿年《覃研斋诗存》、谢鹤年《养云楼诗钞》、高凌雯《过江集》；较为珍稀的油印本有邵章《倬庵遗稿》、卢弼《慎园诗选》、何震彝《词苑珠尘》叶恭绰题跋本、曹大铁《大铁词残稿》签名本；较为珍稀的铅印本有顾随《苦水诗存　留春词》和《荒原词》签赠本、高燮《吹万楼诗》和《吹万楼望江南词》钤印持赠本、詹安泰《无盦词》签赠本、赵鹤清《松泉游草》签赠本、洪砚珠《丽春楼诗选》木活字本等。这些旧体诗词集，多为自刻、自印或请印书馆代印，一般数量少，仅一二百册，传世更稀。装订多为线装，纸墨精良，被誉为中国文学"最后的贵族"。

毛泽东诗词无疑是 20 世纪旧体诗词的珠穆朗玛峰，毛泽东诗词线装本自然也是我的 20 世纪旧体诗词线装本收藏系列的重中之重。十几年来淘到的毛泽东诗词线装本有：人民文学出版社 1958 年 7 月 25 开宣纸线装本《毛主席诗词十九首》(仅印 1000 册 )，文物出版社 1958 年 9 月 12 开宣纸木刻线装本《毛主席诗词十九首》，文物出版社 1958 年 9 月 12 开宣纸木刻线装本《毛主席诗词二十一首》，人民文学出版社 1963 年 12

月 20 开宣纸线装本《毛主席诗词》，文物出版社 1963 年 12 月集宋版字珂罗版影印 12 开宣纸线装本《毛主席诗词三十七首》，文物出版社 1964 年 10 月铅字排印标点本（20 开宣纸线装本）《毛主席诗词三十七首》，人民文学出版社 1974 年 3 月线装大字本《毛主席诗词》，上海书画社 1977 年 8 月 12 开毛边纸线装写刻本《毛主席诗词三十九首》，线装书局 1999 年 6 月 12 开宣纸线装本《毛泽东诗词集》，文物出版社 1999 年 8 月集宋黄善夫刻《史记》字珂罗版 12 开宣纸线装本《毛泽东诗词六十七首》编号本，广陵书社 2001 年 1 月 12 开宣纸泥活字蓝印本《毛泽东诗词六十七首》，文物出版社 2007 年 4 月 12 开宣纸线装木刻朱砂本《毛泽东诗词六十七首》，广陵书社 2013 年 11 月 12 开宣纸线装木刻朱砂本《毛泽东诗词六十七首》，文物出版社 2013 年 11 月双版联璧装《毛泽东诗词六十七首》。2006 年 10 月购得一册书法名家刘正琰 20 世纪 60 年代敬书《毛主席诗词三十七首》，该抄本以工整小楷在荣宝斋制红格黄宣稿纸上恭录三十七首毛泽东诗词，书衣签条及内页首尾钤盖五枚刘正琰名章和闲章，朱墨灿烂，书印绝佳，堪称孤本。

有了这两百多部"集部新善本"专藏，我将寒斋正式命名为"百集交感斋"。已请知名藏书家流沙河先生与林公武先生题写书斋名，拟请知名篆刻家刻制一枚

"百集交感斋"藏书印钤盖在这批线装"新善本"上，为这群窈窕淑女"薄施脂粉"，像模像样地风雅一回。

收集旧体诗词线装本免不了逛逛古玩店，上上拍卖会，见到跟藏书有关的"很文人的东西"也"打草搂兔子"，顺带买上几件。如民国代国务总理朱启钤自书诗卷，鲁迅同窗好友伍崇学自书诗卷，"三湘才子"易君左（诗文书画无不精工）自书诗卷，书法篆刻名家黎泽泰（亦工诗）自书诗轴，也算是严格意义上的20世纪旧体诗词。最喜一件晚清名家方家珍的浅绛彩瓷笔海，上书"结交天下知名士，尽读人间未见书"，我把它奉为镇斋之宝，座右之铭。

丁酉新春，打油一首："万般未必皆下品，至乐莫如读书高。幸有满墙书防老，退居生活乐陶陶。"藏书之乐，乐何如之；藏书之功，功莫大焉。

# 北京买书记勤

　　我从北京买回的书不是很多，但在北京买书所投入的时间、精力和买书的经历都很值得一说。

　　先说买书投入的时间。据查日记和出行记，三十多年间，我在北京开会、办事或取道北京开会、办事，总共到访北京19次。每次开完会、办完事，我都要在北京买书，少则两三天，多则五六天。首都北京是我买书的首选之地，在北京买书的时光是我最难忘的时光。

　　勤往北京跑，此为一勤也。

　　再说买书投入的精力。每次在北京买书，我都按预先设计好的路线图，清早出门，晚上回酒店，一家书店接着一家书店转。新千年前，我的买书重点是新书，入住酒店往往选择在隆福寺一带。早晨在酒店吃过自助早餐，便开始一天买书的行程。先步行到朝内大街166号人民文学出版社，在发行部和门市部配书。接着步行到三联书店韬奋图书中心看书。逛完三联书店，沿王府井大街步行到中华书局、王府井书店看书买书。逛完王府井书店，找个小店吃午饭。饭后沿长安街步行，经过天安门城楼，走到西单图书大厦挑书选书。日落时分，又从西单图书大厦步行至文物出版社门市部看书买书。直到晚上九点才步行到酒店休息。新千年后，我的买书重点是旧书和线装书，入住酒店往往选择在琉璃厂一带。天不亮就乘出租车到潘家园，天亮前逛旧书地摊，天亮后逛中央大厅。在潘家园吃过早点，乘公交车至王府井下。先逛中国书店灯市口分店，后逛中国书店隆福寺分店。在隆福寺吃过午饭，步行至西单横二条，在中国书店报刊资料部流连一两个小时。然后步行到琉璃厂，依次逛中国书店的古籍分店、琉璃厂分店、来薰阁分店、松筠阁分店。直逛到书店打烊，才草草吃了点晚饭回酒店休息。

勤到书店转，此为二勤也。

至于买书的经历，难忘的可多啦。下面挑有日记和出行记可查的择要述之。

第一次到北京是 1984 年 7 月 12 日至 8 月 19 日，参加暑期学习，住在北太平庄中央财院招待所。因为学习安排很紧，逛书店只能利用星期天。仅以第一个星期天为例。"7 月 15 日　星期日　晴　上午乘公共汽车至鲁迅博物馆，先参观鲁迅故居（一座普通的四合院，其'老虎尾巴'为鲁迅书房），后参观博物馆。中午时分离鲁迅博物馆，转两次公共汽车至琉璃厂。在一家小饭馆吃午饭（鸡蛋、馅饼）后，参观琉璃厂的几家书店（如中国书店的几个门市部）、画店、古物馆及荣宝斋，收集售书章 6 枚，在琉璃厂逗留二小时。"这天的日记中没有记载买了什么书，但记载了"收集售书章"。收集售书章是我青年时代的一段雅好。1987 年 6 月 6 日《湖南日报》周末版"湘江"副刊"闲情逸致"专栏刊有我的一篇文章《我爱售书章》专谈此事。"与书结了缘，倒也生出一'闲情逸致'：收集售书章。记不清楚什么时候得到《湖南日报》社赠的一个精致的 24 开大小的红褐色塑封白纸小本，每次外出我都把它带上。每到一家书店，都请书店营业员在小本上盖一枚售书章，以示'某某到此一游'。到的地方多了，买的书籍多了，小本上盖的售书章也有了一个可观的阵容。"翻出这个红褐色小本，打头的正是此次在琉璃厂收集的这 6 枚售书章。其中"北京市中国书店邃雅斋门市部收讫""北京市中国书店第二门市部收讫 3""北京市中国书店第二门市部（一）""北京市中国书店宣内大街门市部发票专用章"为深红色椭圆形印，且尺寸大小一致；"荣宝斋发票专用现金 1984.7.15"为深红色圆形印；而"荣宝斋"则仅为"荣宝斋"三个深红色长仿字无边框印。

第二次到北京是 1985 年 6 月 10 日至 15 日，住玉泉路西旅馆。6 月 13 日日记记载："13 日　阴　上午先去《光明日报》社广告处办事，接着去琉璃厂逛中国书店一小时，购书二本。继而沿琉璃厂大街步行至大栅栏，在永生饺子馆吃午饭。饭后步行至天安门广场留影；然后步行至王府井大街，在王府井书店逗留二小时，购书二本。在湘蜀餐馆吃晚饭，晚八时离王府井，乘104路电车至北京站，换乘地铁回玉泉路西旅馆。"经查买书记录，这天在中国书店购到的两本书，一本是《周恩来诗选》英译本（林同端英译，香港三联书店1979年初版），一本是《陈毅诗词选集》（人民文学出版社1977年1版1印）大32开特精装本。在王府井书店购到的两本书，一本是《毛泽东书信选集》（人民出版社1983年1版1印）大32开平装本，一本是钱锺书著《谈艺录》补订本（中华书局1984年1版1印）大32开绸面精装本。

以后每次在北京买书，多则两大捆，少则两三册，没有一次空手而返的记录。

买新书最多的一次是2000年1月18日至22日在北京开会，住在灯市口大街88号松鹤大酒店。近水楼台，见缝插针，利用开会间隙去人民文学出版社，在门市部买了几种刚出的"世界文学名著文库"精装本，又在发行部配了十几种已出多年、书店难觅的"世界文学名著文库"精装本（有几种还是通过发行部从大兴书库找来的）。最有意思的是21日晚到首都剧场观看北京人民艺术剧院演出的话剧《古玩》（濮存昕主演），入场前见剧院内有一家戏剧书店，遂于开演前买到了《哥尔多尼戏剧集》《维加戏剧选》两种印数较少、一般书店不常见的"世界文学名著文库"精装本。离京前一天，还从文物出版社门市部购得《毛主席诗词墨迹　毛主席诗词墨迹（续编）》一函二册宣纸线装本、《毛泽东手书古诗词选》一函二册线装本各一套，连同门市部赠送的《文物出版社三十年》《文物出版社图书总目（1957—1987）》，满载而归。

买旧书最多的一次是 2009 年 7 月 29 日至 8 月 2 日，从呼和浩特开完会返程途中在北京逗留四天。此行的出行记记载："2009 年 7 月 29 日　晴　早晨七点乘大巴离开呼和浩特，下午两点抵达北京五棵松。乘地铁到东四，住东四速八酒店。傍晚逛隆福寺中国书店、三联书店。30 日　多云　凌晨四点半乘出租车到报国寺，逛旧书市至八时。上午逛琉璃厂中国书店。31 日　多云　上午逛东单中国书店，下午逛琉璃厂中国书店。8 月 1 日　晴转阵雨　晨五时乘出租车到潘家园，逛旧书市至九时，上午十时乘公交车至西单，逛西单中国书店。8 月 2 日上午乘动车离开北京。"此次北京买书之行书运颇佳。在中国书店隆福寺分店，购得《沈曾植集校注》全二册（钱仲联校注，中华书局 2001 年 1 版 1 印）大 32 开精装本。此书是中国最后一套铅印的书，有很高的版本价值。在中国书店琉璃厂分店，购得香港中文大学学生会 1983 年编印的《中大歌集》大 32 开精装本

（蓝印本，收两岸三地现当代优秀歌曲 500 多首）。在潘家园旧书地摊长廊，购得范用著《我爱穆源》（香港天地图书有限公司 1993 年初版）签赠本，此书系范用生前出版的唯一一本作品，小巧精致（16.5 厘米 ×10.3 厘米开本），十分珍稀。在潘家园中央大厅二楼入口处一家旧书店，购得英华著《安骞斋丛残稿》（民国六年铅印本）一册，书品好，价极廉。在东单的中国书店灯市口分店，购得《启功韵语》（北京师范大学出版社 1989 年 1 版 1 印）大 32 开繁体竖排精装本、《古韵新声》（刘征诗词集，人民教育出版社 1993 年 1 版 1 印，仅印 1860 册）大 32 开精装本、张中行著《诗词读写丛话》（附《说梦草》，人民教育出版社 1992 年 1 版 1 印）大 32 开精装本，此三册皆为旧体诗词集初版本，书品全新。在西单横二条的中国书店报刊资料部，购得北京群众艺术馆、北京歌声社 1956 年至 1957 年编印的四册《歌词汇刊》月刊合订本，32 开，红黄蓝绿多色油印，品相如新。

买线装书最多的一次当数 2010 年 8 月中旬，我在北京琉璃厂附近南新华街锦江之星酒店住了一个星期，专事买书。8 月 12 日早晨五点半乘出租车到潘家园，先在旧书地摊长廊购得一本徐宗浩著《石雪斋诗稿》，民国丙寅年（1926）宣纸线装铅印本，此书毛边未裁切，在线装本中甚为稀见。后在中央大厅二楼一家旧书店，购得一本《毛主席诗词二十一首》（1958年9月文物出版社刻印）12开宣纸线装本。此书品相较差，但在扉页和牌记页各钤有一枚瓷青色圆形售书章，售书章上半部分为韶山毛主席旧居图案，中间为"参观毛主席旧居——韶山纪念"秀丽典雅美术字，下半部分依次为"年月日"和"韶山书店"美术字，在"年月日"空隙处用钢笔填上"1961.9.1"。此书品相较差不说，价格也不菲。受"售书章情结"驱使，我还是将此书收入囊中。好在此书内页和封面签条完整，有机会请高手修复一下，当是一册不错的藏品。8月12日下午在中国书店灯市口分店购得吴江沈兆奎著《无梦庵遗稿》（1963年仪征张氏默园铅印本），宣纸线装一册，品相绝佳（十品）。8月13日上午在琉璃厂中国书店古籍分店购得马念祖撰《伤心诗稿》（室人董逸萍辑录），白纸线装铅印本，无出版时间记录，但从纸张、版式可判定为民国时期，品相绝佳（十品）。此次购书重头戏是8月15日在琉璃厂中国书店来薰阁分店购得赵椿年撰《覃研斋诗存》，民国乙亥年（1935）木刻本，宣纸线装，纸白墨浓，品相完好，是我在北京买到的价格最昂、品位最高的民国旧体诗词线装本。

2010年以后，我还去过北京三次，感觉是好书越来越少，也越来越贵。2012年8月12日清早乘出租车到潘家园，虽仅买到一捆（约50叠）中国作家协会、文艺报、民族文学、新观察杂志社、茅盾全集编辑室等单位于20世纪80年代初期印制的文稿纸，仍然如获至宝，捆载而归。2013年8月3日在中国书店灯市口分店购得《钱昌照诗词一百首》宣纸线装本（作者钤印本），算是聊胜于无。次日在琉璃厂中国书店古籍分店购得《鲁迅诗集》（文物出版社1959年3月1版1印，仅印1000册）宣纸线装木刻本，也算是天道酬勤吧。

　　勤记买书账，此为三勤也。

# 天津买书记盛

　　我去天津的次数仅为北京的五分之一，而从天津买回的书五倍于北京还要多。我的民国旧体诗词线装本系列藏书中的很大一部分购自天津。

　　第一次去天津是 1984 年 8 月在北京学习期间，利用周末专程去天津参观。有日记为证："1984 年 8 月 5 日　星期日　晴　在中央财院招待所吃过早饭，乘 16 路公共汽车至北京动物园，转乘 103 路电车至北京站。11:29 乘 313 次列车离北京站，13:50 抵天津站。下午参观天津新港。6 日　晴　上午参观南开大学，收集售书章两枚。13:10 乘 316 次列车离天津站，15:30 抵北京站。乘 103 路电车转 16 路公共汽车回中央财院招待所吃晚饭。"这次天津之行的访书记录仅为两枚"南开"售书章，是在南开大学书店收集的。一枚为深红色不规则圆形，底部为一本打开的书，上半部为"南开"两个美术字；一枚为深红色不规则方形，右半部分为一本打开的书，左半部分为"南开"两个美术字。

　　第二次去天津是 1990 年 4 月 25 日，从大连乘海轮

"天红"号抵天津新港，经停天津半天，到天津火车站乘153次直快列车回长沙。

第三次去天津是2004年7月30日至31日。日记记载："2004年7月30日　多云　凌晨四点（自长春乘火车）抵达天津。上午游鼓楼、沈阳道古玩市场，逛天津市古籍书店。下午参观南开大学、天津大学。晚上在和平区文化馆剧场观看相声晚会。31日　多云　上午逛沈阳道古玩市场。下午游览天津特色街区。晚上七点乘火车离开天津。在天津市古籍书店购得金山高燮著《吹万楼诗》（民国三十六年十二月铅印本），白纸线装四册，品相极佳。"

第四次去天津是2006年8月3日。日记记载："2006年8月3日　晴　上午九时（自延吉乘K216次列车）抵达天津。在沈阳道古玩市场逛至晚上七点半乘城际列车离开天津，晚上九点抵达北京。"此次逛沈阳道古玩市场十个小时收获不少。先后购得潜江甘树椿著《花隐老人遗著》，民国甲子年（1924）上海聚珍仿宋印书局铅印本，白纸线装一册；江山刘履芬著《古红梅阁集》，民国丙寅年（1926）铅印本，白纸线装一册；长沙曹广权著《南园诗集》，民国丁丑年（1937）铅印本，白纸线装一册，大号仿宋字排印，不输刻本。

大批量从天津买书是2006年以后，通过天津两家拍卖公司委托拍入。一家为位于天津市古籍书店内的天津国拍今古斋，主事人为尹振谦；一家为位于天津劝业场老厦六楼的天津鼎晟国拍（后为天津立达国拍、天津同方国拍）三品堂，主事人为孔令琪。

截至2016年年底，今古斋共举办了33期大众收藏古籍专场拍卖会（小拍），另外还举办过好几期春季古籍善本拍卖会和秋季古籍善本拍卖会（大拍）。从2006年1月6日今古斋第8期古籍专场拍卖会开始，每期拍卖我都收到了今古斋寄来的拍卖图录。仔细阅读图录后，电话委托尹振谦先生代为拍入中意的拍品（绝大多数为民国旧体诗词线装本）。现将成交情况列示如下：

第8期专场拍卖会（2006年1月6日）委托拍入：

《白香词谱笺》，舒梦兰辑，谢朝征笺，清光绪初刻本，白纸线装一函四册。

《鸥影词钞》，常熟言家驹著，民国二年言氏家集铅印本，白纸线装一册。

《紫荆花馆遗诗》，怀宁陈同礼著，民国甲寅年（1914）京华印书局精印五百部（铅印本），白纸线装一册。

《远明堂诗草》，建康朱士焕著，民国丙子年（1936）铅印本，白纸线装一册。

第10期专场拍卖会（2006年6月6日）委托拍入：

《苦水诗存　留春词》，顾随著，民国二十三年铅印本，白纸线装一册。

《市声草》，王礼锡著，神州国光社民国二十二年二月初版印行（铅印本），白纸线装一册。

《枝巢四述》，夏仁虎著，民国二十二年铅印本，白纸线装一册。

《松泉游草》，姚安赵鹤清著，民国二十一年铅印本，白纸线装一函六册。

第11期专场拍卖会（2006年9月1日）委托拍入：

《慎园诗选　文选》，卢弼著，1958年油印本，竹纸线装三册。

《过江集》，天津高凌雯著，民国壬戌年（1922）木刻本，白纸线装一册。

第13期专场拍卖会（2007年6月10日）委托拍入：

《长公咏草》，沈昌眉著，民国二十三年铅印本，白纸线装二册。

第14期专场拍卖会（2007年9月9日）委托拍入：

《慎园启事》，卢弼著，1961年油印本，竹纸线装一册。

《慎园丛集》，卢弼著，1964年油印本，竹纸线装一册。

2008年迎春拍卖会（2008年1月6日）委托拍入：

《荒原词》，顾随著，民国十九年铅印本，白纸线装一册。

第 15 期专场拍卖会（2008 年 3 月 21 日）委托拍入：

《鞠厂文稿》，闽县黄孝纾著，民国乙亥年（1935）铅印本，白纸线装二册。

第 16 期专场拍卖会（2008 年 7 月 6 日）委托拍入：

《藕庐诗草》，吴兴金城拱北著，民国丙寅年（1926）铅印本，白纸线装一册。

《劫灰集》，古梅（梅县）李西浪著，民国三十五年铅印本（正楷大字排印），白纸线装一册。

2009 年春季拍卖会（2009 年 1 月 8 日）委托拍入：

《词苑珠尘》，江阴何震彝著，癸巳年（1953）油印本，宣纸线装一册。

第 18 期专场拍卖会（2009 年 3 月 26 日）委托拍入：

《无离堪诗拾》，闽县王鸿烋著，民国庚辰年（1940）铅印本，白纸线装一册。

《稻农吟草》，南苏阎传绂著，康德辛巳年（1941）铅印本，白纸线装一册。

第 20 期专场拍卖会（2010 年 1 月 14 日）委托拍入：

《天放楼诗季集》，吴江金天羽松岑著，民国丁亥年（1947）铅印本，白纸线装一册。

《云在山房诗选》，无锡杨寿枬著，民国铅印本，白纸线装一册。

第21期专场拍卖会（2010年3月21日）委托拍入：

《李景康先生诗文集》，南海李景康著，民国五十二年香港初版，白纸线装一册。

第22期专场拍卖会（2010年9月12日）委托拍入：

《一尺园诗词》，武进董迪光著，民国己卯年（1939）铅印本，白纸线装一册。

《白屋吴生诗稿》，吴芳吉碧柳写，民国十八年聚奎小学丛刊（铅印本），白纸线装一册（存前卷）。

《濯缨室诗钞》，武进李宝淦著，民国铅印本，竹纸线装一册。

第23期专场拍卖会（2011年3月26日）委托拍入：

《儋麋居诗稿》，杭州姚亮著，1964年写印本，竹纸线装一册。

第24期专场拍卖会（2011年9月24日）委托拍入。

《石雪斋诗稿》，武进徐宗浩著，民国丙寅年（1926）铅印本，白纸线装一册。

《祝佐平先生遗著》，民国十九年崇民报馆刊（铅印本、蓝印本），白纸线装一册。

第28期专场拍卖会（2013年3月21日）委托拍入：

《松客诗》，辽阳黄式叙著，民国丁卯年（1927）铅印本，宣纸线装一册。

据尹振谦先生介绍，今古斋古籍善本拍卖会上拍的拍品，主要来自天津市古籍书店库房。我从今古斋委托拍得的民国旧体诗词线装本也可以说是通过拍卖方式从天津市古籍书店购入。

三品堂上拍的古籍善本主要从藏家手中征集，民国旧体诗词线装本也时常现身拍卖图录。自2007年5月起，我共从三品堂委托拍入民国旧体诗词线装本16部。现列示如下：

2007年春季拍卖会（2007年5月26日）委托拍入：

《镛楼诗稿　庸斋丛刊录稿》，缪镛楼著，民国红格纸稿本，宣纸线装二册。

2009年春季拍卖会（2009年4月18日）委托拍入：

《钩心集诗草》，浙东陈之锜著，民国二十四年五月初印，上海中华书局大号聚珍仿宋字排印，白纸线装一册。

《盍簪书屋遗诗》，吴江吴鸣钧著，民国丁巳年（1917）铅印本，白纸线装一册。

《自苏室烬余稿》，赞皇李自苏著，民国三十一年铅印本，白纸线装一册。

《一峰诗存》，新会陈一峰著，辛丑年（1961）铅印本，白纸线装一册。

2010年春季拍卖会（2010年6月3日）委托拍入：

《忆梅庵诗词稿》，贾修龄著，民国二十四年江汉印书馆代印（铅印本），白纸线装一册。

《今觉庵诗》，至德周达著，民国庚辰年（1940）仿宋聚珍版排印，白纸线装二册。

2010年秋季拍卖会（2010年11月30日）委托拍入：

《飞絮集诗草》，吴县严敬文著，民国己卯年（1939）铅印本，白纸线装一册。

《度帆楼诗稿》，孔祥百著，民国二十七年铅印本，白纸线装二册。

《补斋诗存》，江恒源著，1957年油印本，竹纸线装一册。

《东湖山庄诗稿》，苏局仙著，1989年12月上海市文史研究馆编印（铅印本），白纸线装一册。

2011年夏季拍卖会（2011年5月20日）委托拍入：

《雪泥诗集》，孙鸿著，甲午年（1954）铅印本，宣纸线装一册。

《栩园丛稿》，陈栩（天虚我生）著，民国丙辰年（1916）家庭工业社香雪楼藏版（铅印本），白纸线装四册。

2012 年秋季拍卖会（2012 年 12 月 19 日）委托拍入：

《硕果亭诗》，闽县李宣龚著，民国庚辰年（1940）铅印本，白纸线装三册。

2013 年春季拍卖会（2013 年 5 月 30 日）委托拍入：

《凤儒诗草》，献县史树璋凤儒著，民国癸酉年（1933）铅印本，竹纸线装一册。

2014 年秋季拍卖会（2014 年 11 月 27 日）委托拍入：

《庚午酬唱集》，临淮郭大竹书初稿，众友朋唱和，民国三十一年铅印本，宣纸线装一册。

我与尹振谦、孔令琪两位旧书业人士相交十多年，通话无数次，都未曾见过面。两位天津朋友都可用得上"为人热情、办事认真、业务精湛、值得信赖"之类的时尚评语，都富有中国传统文人的"君子之风"。每次听到电话那头传来的典型天津口音，都感到非常亲切；每次收到寄自天津的拍品邮包，都感到非常温暖。

2016 年年底得知，今古斋、三品堂两家拍卖公司自2017 年起不再举办古籍善本拍卖会。闻知怅然良久。

# 上海买书记欣

　　我去上海的次数仅次于北京，前后去过9次。上海不愧为文化昌盛之都，每次去上海买书，都有一些小小的惊喜。

　　第一次去上海是1986年11月6日至11月28日，我在上海师大第一招待所参加第四期文科学报编辑研讨班。报到次日，即去买书。有日记为证："11月7日　阴转雨　在师大食堂吃过午饭，十二时乘43路公共汽车至打浦桥下，沿瑞金二路步行，先到上海古籍出版社读者服务部看了一下优惠展销书籍情况；后到绍兴路，分别去上海文艺出版社读者服务部、上海人民出版社读者服务部购书。在上海文艺出版社读者服务部购得《冰心文集》第二卷、第三卷精装本。之后，乘41路公共汽车至淮海中路，沿淮海中路步行至淮海东路，逛书店一个半小时。黄昏时分乘26路电车至徐家汇，换乘43路公共汽车回上海师大招待所。""11月13日　阴　清晨乘43路公共汽车至黄陂南路，换乘17路电车至福州路，在南京东路新华书店、上海书店逛三小时，收集售书章两枚。""11月22日　阴　上午到复旦大学参观一小时，到复旦大学书店逛两小时，购得三联书店版《闻一多全集》四卷精装本一套，中午回师大吃午饭。下午在126号教室听上海戏剧学院副教授余秋雨讲授《文学、美学理论研究动态》。"11月13日收集的两枚售书章很有特色，一枚为"中国上海南京东路新华书店"紫色棱形售书章，由四个三角形组成一枚钻石图案；一枚为"上海书店"天蓝色横式长方形售书章，边框图案为一本打开的书，中间为"上海书店"店牌常见的四个行书繁体字。

第二次去上海是1997年8月25日，从黄山开完会经上海转车，在上海停留一天。上午逛福州路旧书店，购得海宁张任政编著《历代平民诗集》，民国二十五年铅印本，白纸线装一册，书品甚佳。

第三次去上海是1998年7月下旬至8月上旬到华东地区旅游，8月3日、4日在上海买书。4日上午逛福州路旧书店，购得任霞明辑录《近人绝句三百首》，民国二十二年上海好风诗社出版（铅印本），白纸线装一册，书品极佳。

第四次去上海是1999年8月1日，从苏州开会返程经上海虹桥机场转乘飞机，在上海买书一天。清早在文庙购得嘉定徐鼎康著《徐季和先生桥梓遗稿》，民国十二年铅印本，白纸线装二册。此套遗稿分上中下三卷，上卷为《姑妄存之诗钞》，中卷为《秋根诗钞》，下卷为《家庭杂忆》。存《秋根诗钞》《家庭杂忆》二卷。

第五次去上海是 2001 年 9 月 15 日，从苏州经停上海转车，仅到福州路旧书店落了一下，购得吴县朱惠元著《爱晚轩诗存》，民国十九年铅印本，竹纸线装一册。

第六次去上海是 2003 年 10 月 16 日至 19 日，从宁波乘船至上海吴淞港，乘港务交通车至上海市区，在长沙市政府驻沪办事处小住四日。18 日早晨逛上海老街，购得许正希（玉壶恨客）著《玉壶长恨集》，民国戊辰年（1928）惜余春馆藏板（铅印本），白纸线装一册。18 日上午逛福州路旧书店，购得民国癸丑年（1913）春三月育文书局代印的《新乐府初集》和同年冬十月代印的《新乐府二集》，宣纸线装二册，珂罗版影印，版本阔大，纸墨精良。

第七次去上海是 2003 年 12 月 6 日至 8 日，住华东师大招待所。7 日清晨乘出租车到文庙旧书市场，购得至德周学熙著《止庵诗存》，民国三十七年铅印本（至德周氏藏版），白纸线装三册；上午逛福州路古籍书店，购得文物出版社 1958 年 9 月 1 版 1 印（木板刻印）的《毛主席诗词十九首》，12 开宣纸线装一册，书品甚佳。

第八次去上海是 2007 年 1 月 13 日至 14 日，去镇江开会途经上海，买书两天。13 日下午到福州路逛书店，购得云间朱钺星曲著《茧丝蚕蚁室诗词卷》，1988

年油印本，白纸线装一册，郑逸梅作序，作者签赠本。14日清早逛文庙旧书市，得书两部。一部为《五嗜诗选》，安宜吴谷泉著，1963年油印本，白纸线装一册。一部为《半邨诗集》，晋江林骚醒我氏著，1981年林琛据民国三十四年铅印本重印并附集外诗（油印），白纸线装二册。14日上午逛福州路旧书店，以五折优惠价购得一套《黄裳文集》六卷本（上海书店出版社1998年1版1印）。

第九次去上海是2009年9月25日至26日，从镇江开完会途经上海转车返程，买书两天。有出行记为证："2009年9月25日　多云　上午9:39乘D5413次动车离镇江，11:30抵达上海。乘出租车到大连路，住枫叶速8酒店。下午乘公交车到福州路，在福州路古籍书店四楼购得民国旧体诗词线装本三部，并预订三部（四册），晚上九点乘公交车回酒店。26日　多云　清晨离开酒店，乘出租车至城隍庙逛古玩早市，一无所获。上午到福州路古籍书店继续选书，购得民国旧体诗词线装本一部，又在福州路旧书店购得精装本《民国诗话丛编》六卷本一套。下午二时离福州路，在人民广场乘地铁到上海南站，15:30乘D109次动车离开上海。"

查阅购书记录，9月25日下午在上海福州路古籍书店购买的三部民国旧体诗词线装本是：《天人合评吹万楼望江南词》，高燮著，民国三十四年铅印本，白纸线装一册。封面钤"吹万持赠"朱文印。《晚红轩诗存》，梁溪邹文雄纬辰著，民国十八年上海群众图书公司代印（铅印本），白纸线装一册。《味隐遗诗》，古华亭雷补同谱桐著，民国丁丑年（1937）铅印本，白纸线装一册。

9月25日下午在上海福州路古籍书店四楼预订的三部旧体诗词线装本是：《大铁词残稿》，曹大铁著，庚申年（1980）冬油印本，宣纸线装二册，作者签赠本。《曼陀罗寱词》，嘉兴沈曾植著，民国十四年商务印书馆再版（铅印本），白纸线装一册。《雍园词钞》，沈祖棻等著，民国三十五年杨公庶刊于巴县沙坪坝之雍园，收《涉江词》等九家词，宣纸线装一册。此三部书9月25日在书店内谈妥价格后，10月23日汇款，11月1日收到。

9月26日上午在上海福州路古籍书店四楼购得的一部民国旧体诗词线装本是《绣余草》，安岳陶先畹著，民国十七年上海商务印书馆代印，白纸线装一册。

9月26日上午在福州路旧书店购得的《民国诗话丛编》也值得一提。此书由张寅彭主编，上海书店出版社2002年1版1印（仅印2000套），大32开精装本，全套6册，五折优惠。

一次从上海购回线装书七部、精装书六册，甚为欣慰。

# 南京买书记珍

我去南京的次数不多，总共才6次。从南京买回的书也不多，没超过二十本，但每一本都很珍稀，值得一记。

第一次去南京是1990年10月18日。日记记载："1990年10月18日　小雨转阴　从扬州（参加文科学报会议）乘会议专车于上午10时在南京大学留学生招待所下车。在招待所取了船票，吃午饭。下午在夫子庙、秦淮河、莫愁湖游览五个小时，在夫子庙一家旧书店购书一本。在南京大学留学生招待所吃晚饭，晚上9时乘'汉江18号'轮船离开南京。"

这次在夫子庙一家旧书店购得的是常熟钱萼孙仲联著《梦苕庵诗存（丁戊己）梦苕庵词》，壬戌年（1982）油印本，竹纸线装一册。初看此书为残本（《诗存》仅存丁戊己后三卷），店老板也认为是残本，标价极廉，没还价便收入囊中。在"汉江"轮上细看此书，钱学增后记云："吾父四十年前所为诗，名《梦苕庵诗存》者，凡三卷，丙子秋排印于梁溪。后此有作未刊行。中间更丙子丁未之劫，稿有散失，且有失去整年之作者。今编为《梦苕庵诗存》后三卷也。"乃知《梦苕庵诗存》前三卷（甲乙丙）于丙子年（1936）秋铅印，后三卷（丁戊己）《梦苕庵词》于壬戌年（1982）油印。此册油印本即为全本也。

第二次去南京是 2001 年 9 月 14 日，清晨从苏州乘火车去，晚上乘火车返苏州。上午游览总统府、梅园新村。下午逛南京市古旧书店，购得杭县王耒著《负斋诗词》，1957 年油印本，宣纸线装一册，品相极佳。王耒，字耕木，1880 年生，浙江杭县人。早年留学日本政法大学，任刑部主事、云南省高等审判厅丞。1914 年起，历任奉天北路观察使、奉天洮昌道道尹、法制局局长、国务院秘书长。是书由吴江黄复作序，前半部分为《负斋诗钞》，共 85 叶，收古近体诗六百六十篇；后半部分为《负斋词钞》，共 21 叶，收长短句一百一十阕。

第三次去南京是 2005 年 8 月上旬，3 日晚八时乘飞机抵南京，4 日上午办事，中午乘飞机离南京。办事途中路过先锋书店，匆匆进去看了看，购得一册陈安吉著《毛泽东诗词版本丛谈》（中央文献出版社、南京出版社 2003 年 1 版 1 印）。

第四次去南京是 2007 年 1 月 15 日，有日记记载："2007 年 1 月 15 日　雨　在镇江碧榆园南山厅吃自助早餐后，乘坐大巴车于九点半到扬州，在扬州古籍书店、古玩市场逛两小时。午饭后乘大巴车到南京，在南京市古旧书店逛两小时，购线装书三部。晚上八点乘火车离南京，九时返镇江，十时返碧榆园。"

此次在南京市古旧书店购得的三部线装书很值得一说。

第一部为《沤社词钞》，民国癸酉年（1933）铅印本，白纸线装一厚册（计120叶）。封面潘飞声署签，卷首王西神署签。全书共分二十集，各集以词调命名，共收朱孝臧、潘飞声、周庆云、程颂万、许崇熙、洪汝闿、林昆翔、谢抡元、林葆恒、杨玉衔、姚景之、冒广生、刘肇隅、夏敬观、高毓浵、袁思亮、叶恭绰、郭则沄、梁宏志、王蕴章、徐桢立、陈祖壬、吴湖帆、陈方恪、彭醇士、赵尊岳、黄孝纾、龙沐勋、袁荣法等29位词人词作二百八十四阕，名家荟萃，佳作纷呈。

第二部为《若庵诗存》，江阴缪子彬著，己亥年（1959）油印本，竹纸线装一册，开本阔大，版心小巧，刻印俱佳。缪子彬（1893—1959），江苏江阴人，初名僧保，字子彬，晚以字行。是书由作者同乡好友、著名书法篆刻家陈名珂主持刻印，宋小坡署签，卷首有邓诗庵、陈器伯题辞并钤印。前半部分（27叶）为《若庵诗存》，后半部分（6叶）为《若庵词存》。书尾陈名珂跋，并钤"文无七十后吟"朱文印。

第三部为《忘山庐诗存》，钱塘孙宝瑄著，1954年油印本，竹纸线装一册。孙宝瑄（1874—1924），浙江杭县人，字伯屿，又字子屿，原名孙渐，一名宝瑄，室名忘山庐。由父诒经荫得分主事，继得保补员外郎。辛亥革命后任浙江关监督，直至1921年。著有《忘山庐日记》三十卷（未刊），述清光绪壬辰年（1892）讫1921年三十年间社会政治风土人情事甚详。是书钱崇威署签，卷首钱崇威序，宋小坡、戴克宽等10人题词，书尾朱诵韩、程学鉴、孙用济、孙用晋、孙用谦跋。诗凡二卷（前集、后集），近两百篇。

第五次去南京是2009年9月24日，利用在镇江开会之隙，专程去南京访书。上午乘大巴车去，晚上乘大巴车返镇江。在南京访书六个小时，主要在南艺后街及南大校区周边的旧书店转了一圈。在南艺后街一家古玩店，摆放着两册品相很好的木刻本线装书，一册为《词品甲》，一册为《词品乙》，为佛学大师欧阳渐编著，抗战时期刻印。老板将这两册线装书视若拱璧，说是金陵刻经处的功德书，仅印五十六部。细看《词品甲》尾页，果有这方面的记载："欧阳格施赀刻印词品甲一卷，连圈计字序目双算共一万五千七百八十八个，扣洋一百零四元二角零零八毫。签面尾页功德书五十六部，实共支洋一百二十元整。民国廿二年五月支那内学院识。"我请老板拿出计算器，一起做了一道简单的算术题：120元–104元＝16元，这才是五十六部功德书（包括签面尾页）的开支，每册功德书实际成本为 16 元 ÷ 0.56 ＝ 0.3 元。照此计算，此书实际刻印应为 120 ÷ 0.3 ＝ 400 部。老板笑了笑说，400 部也不算多啊。好书落入古玩店，豆腐也要肉价钱。难得一遇，咬牙成交。

《词品甲》《词品乙》虽然算不上民国旧体诗词线装本，也是民国名家的品词名著。欧阳渐，字竟无，别称欧阳居士，学者称宜黄大师。1911 年起主持金陵刻经处，1922 年创设支那内学院，讲学与刻经并进，四方从游者众，梁启超、梁漱溟等均入座听讲。1933 年，大师"急国难"，"救火追亡"，刻印《词品甲》一卷，借品词言抗战，"先发奔走呼号之一声"。是书竹纸线装精刻精印，品词"凡四十调一百首"，皆"语悲歌慷慨"，以鼓国人士气，尽显抗战情怀。抗战开始后，欧阳渐至四川，设支那内学院于江津。时陈独秀、高语罕蛰居江津，亦从之受业。1939 年，抗战形势好转，大师祈愿抗战胜利，和平建国，乃续编《词品乙》，1942 年刊刻。是书竹纸线装精刻精印，品词"凡五十调一百二十七首"，皆"语清静幽闲"。《词品甲》体现"抗敌以不受尔汝之忠，气不愤悱不能忠"；《词品乙》体现"建国以不受尔汝之恕，气不和顺不能恕"。均显大师抗战情怀。甲乙双璧完好，尤为珍稀。

第六次去南京是 2012 年 8 月 13 日至 15 日，到南京大学参加学术交流活动，小住三天。8 月 14 日专门抽出一天时间访书，重点目标是一本《1919—1949旧体诗文集叙录》，王晋光、涂小马、范培松、陈玉兰编著，江苏教育出版社1998年1版1印，印数500册，大32开平装本。这本书看起来平淡无奇，在不懂内情的书贩眼中也就是五元十元书，而这本书在网上竟炒到了上千元。此书炒作卖点有二：一是内容珍稀。全书共叙录民国旧体诗文集322部，作者"诸君有感于学术界对五四以来旧体诗文研究的忽视，就经眼所得，将各专集编为提要，其中不少作家的生平、作品、艺术特色还鲜为人知，在这里尚属首次发掘。而且本书在体例上也有自己的特色，将提要、诗文评论、作品鉴赏等合为一本，筚路蓝缕，功不可没"（钱仲联序）。二是印数极少。此书对我的民国旧体诗词线装本系列的收藏研究而言，是极为重要的参考书甚至是工具书，十多年来一直想购藏一册。此次来南京，极希望能访到一册。功夫不负有心人。8月14日上午，我在南京大学老校区各大大小小的旧书店转悠，在青岛路31号学人旧书店购得《顾毓琇词曲集》（南京大学出版社1997年1版1印，仅印650册）。付款后找该书店老板打听有无《1919—1949旧体诗文集叙录》。老板说此书好几年前卖过一册，多年没见着了。我请老板帮忙找旧书店圈内朋友打听一下，老板先后打了十来个电话，获知仓巷旧书店刚收进一册，正准备挂在网上卖。我谢过学人旧书店老板，当即乘出租车赶到位于白下区丁家巷的仓巷旧书店。经过一番讨价还价，以不菲的价格（亦为不错的价位）购到了这册梦寐以求的《1919—1949旧体诗文集叙录》。此书品相全新，扉页盖有"江苏新华　同意出厂"的业务专用章，极为难得。

难得的佳遇仍有继续。好些年前，我在《藏书报》"信息专版"中获知南京有家中友古籍图书保护修复中心，便与之联系，结识了中心负责人顾正坤先生，请该公司修复了《南园诗集》等十多部民国旧体诗词线装本。几年之后，顾先生组建了江苏真德拍卖有限公司，经常给我寄来古籍善本拍卖图录。在真德2015年春季艺术品拍卖会古籍善本专场拍卖图录中，我一眼相中了敝乡贤易君左的一幅尺幅不大的书法镜片，拍品标的名称为"易君左书法"，规范名称应为"易君左自书诗卷"。此拍品为一首五言律诗，诗题为《台南县途中》，应为易君左1967年举家到台湾定居后所书。诗写得极美，酷似一幅风景画；字写得极好，异于易氏常见的随意飘洒书风，工稳老到。立即打电话给顾先生，委托代为拍下。

以此为开端，我又成为了真德拍卖公司的委托竞投常客。

自2010年从天津国拍今古斋委托拍入《天放楼诗遗集》（亦名《天放楼诗季集》），我就非常关注天放楼诗的拍卖信息。在真德2015年冬季艺术品拍卖会古籍善本专场拍卖图录中，看到有一则标的为"天放楼续集（四册）"，仔细阅读，其中有一册为《天放楼诗续集》，白纸线装。当即打电话给顾先生，委托竞投。几天之后，收到拍品，见四册之一的《天放楼诗续集》品相完好，内钤"许莘农"朱文藏书印，并夹有两页许莘农墨笔诗稿，喜出望外。

最有意思的是收到真德2017年春季艺术品拍卖会古籍善本专场图录后，发现其中有一个标的为"龙荫溪先生遗书等七种"，系"卞孝萱先生旧藏"专题拍卖之一个标的。仔细研读，知有好几种是旧体诗词线装本，便毫不犹豫地委托竞投。收到拍品，更是大喜过望，内有五部稀见的旧体诗词线装本。

第一部为《龙荫溪先生遗书》，攸县龙绂瑞荫溪著，牌记为"一九五二年十二月长沙龙氏校印一百部分寄家人戚友以为纪念"，白纸线装一册，铅印本。内收龙氏遗著两种，一为《武溪杂忆录》，二为《苹香榭诗存》。封面钤"阿萱"藏书朱文印，品相极佳。

第二部为《暮远楼自选诗》，瑞安伍俶叔傥著，民国五十七年十一月香港中文大学崇基学院刊印（铅印本），白纸线装一册，品相绝佳（近似全新）。伍叔傥先生为钱谷融先生的老师，多次听钱先生说起过。

第三部为《屏庐题画》，天津金钺著，民国甲戌年

（1934）刊印（据手迹影印，极似写刻本），白纸线装一册，品相甚佳。

第四部为《雅言》（辛巳卷八、九合订），民国辛巳年（1941）铅印本，雅言社（社长：傅增湘。社址：北京石老娘胡同七号）发行，白纸线装一册。作者阵容强大，计有：傅增湘、李元晖、黄孝纾、黄懋谦、林葆恒、许承尧、周学熙、俞寿沧、陈柱、高松荃、刘潜、李释堪、程涴、李广平、林修博、张彦府、吴炳麟、黄燧、秦华、冈田元三郎、陈道量、夏仁虎、傅岳芬。作品美不胜收。

第五部为《老学斋诗钞》，鄞县周湜采泉著，乙亥年（1995）写印本，宣纸线装一册，为作者赠送卞孝萱先生的签赠本。此为"世纪末"线装本，年代虽晚，价值犹存。

一个标的拍进五部稀见的旧体诗词线装本，不禁想起小时候在农村种地，一锄头挖下去，挖出一串大大的红薯，足足有五个之多。

# 六访深圳尚书吧

深圳是一个书香浓郁的城市，自然也是有书可买的城市。每次去深圳，我都要逛逛书店买点书。

1985年10月中下旬，我到深圳大学参加全国比较文学讲习班并列席中国比较文学学会成立大会开幕式。讲习班期间，深圳大学与香港中文大学在深圳大学办公楼四楼教工俱乐部联合举办了一次为期一周的港台、外文版书展。每天中午和晚上，我都要到书展厅看书买书，零距离感受到了港台版书刊的文字之美、装帧之美、印刷之美。10月中旬，讲习班组织去沙头角的中英街参观，同行的人忙着买香皂、手表、衣物，我却独自寻到沙头角书店，收集了三枚售书章，还买到了几本港版书。10月下旬，讲习班组织到蛇口考察，我又寻到黄宗英总经理辖下的深圳蛇口都乐书屋，收集到了一枚颇有创意的紫色售书章，这枚售书章由一色隶书繁体字组成椭圆形图案，内有"欢迎惠顾"广告用语，一看就带有改革开放之初的特区特色。

1996年11月中旬，我到深圳书城参加第七届全国书市，现场感受了深圳市民的购书热情和购买实力。此时的中国出版业已开始步入"书多好的少"时期。在眼花缭乱、摩肩接踵的书市转悠了两天，仅从人民文学出版社展台选购了十几种"世界文学名著文库"精装本，另从黑龙江人民出版社展台选购了《郑逸梅选集》前三卷精装本（后三卷 2001 年才出版），算是没有"空手出市"。当年用来拎回十几册精装书的两个精美礼品袋，我一直珍藏着，成为寒斋两件珍贵的纪念品。人民文学出版社的礼品袋为深黄色牛皮纸制品（竖式提袋），两面图案一致，上半部分为"新中国文学出版事业从这里开始"广告语，紧挨着的是一组"BOOK"图书图案；下半部分为社名、社址、邮编、发行部电话，黄底红字，庄重典雅。黑龙江人民出版社的礼品袋为深绿色尼龙绸制品（横式提袋），一面印有"第七届全国书市　1996.深圳"；一面印有"黑龙江省新华书店（携黑龙江人民出版社等 11 家出版社）是您真诚的朋友"广告语，绿底白字，美观大方。

2010 年以后，我先后六次到访深圳中心书城首层南区的尚书吧，买到了一些可读可藏、可圈可点的好书，也留下了一些可堪追忆、可入续编的"尚书吧故事"。

一访深圳尚书吧是 2010 年 7 月 24 日。知道尚书吧营业时间为 10:00—凌晨 2:00，上午十点我准时来到尚书吧。尚书吧也于上午十点正点开门，当班店员姓查，一个非常懂书的小伙子。先逛进门处的精品书、热门书展示柜，挑得一册《鲁迅诗集》宣纸线装木刻本（文物出版社1963年1版2印）。后逛进门左手靠近收银台的二手书专区，挑得两册《王个簃霜茶阁诗》仿线装本（福建美术出版社1989年1版1印，仅印1500册）。最后进入进门右手酒吧区后面摆有雕花大床的那间内室，挑得一册《儋麇居诗稿》(杭州姚亮義民著，公元一九六四年岁次甲辰十月写印）宣纸线装本。拿到收银台付款时，小查告知《儋麇居诗稿》没有定价，不能出售。我问店内谁管定价，回说是扫红。又问扫红今天来店否，回说扫红近段值晚班。付款买下《鲁迅诗集》《王个簃霜茶阁诗》后，记下尚书吧的电话，便打道回府了。

回来查阅姚亮和儋麇居的资料，一无所获。一天晚上闲翻陈声聪著《兼于阁诗话》，见有"儋麇居"条目，急阅之："老友徐曙岑之妻弟姚義民（亮）能书章草，复工诗，三十年前曙岑曾为我乞书一扇面，近闻捐馆舍，留有《儋麇居诗稿》二卷。君内行纯笃，淡于名利，久居沪上，集中多看花、玩古题咏之作，山水游览，不出六桥三竺之间。"阅毕此则诗话开头部分，即致电深圳尚书吧。接电话的正是扫红。我先从《尚书吧故事》一书的阅读感受谈起，拉近谈话的距离；接着直奔主题，希望能转让这本《儋麇居诗稿》。扫红高声大嗓地解释说，尚书吧内室书橱内的书都是本人正在阅读或提供给内室贵宾阅读的，一般不对外出售。我说这册《儋麋居诗稿》正是我的一个研究专题中的重要资料，你们看完后是否能够转让。回说看完以后转让的可能性也不大。眼看没有谈话余地了，我仍希望得到此书，便说听口音我们还是老乡呢。扫红说她的老家在湖北，与我的老家一江之隔。我说既然是老乡，就该帮忙啦。扫红的口气才稍有缓和：以后看情况再说吧。说来也真是缘分，半年后收到天津国拍今古斋寄来的今古斋第23期拍卖会（2011年3月26日拍卖）图录，内有《儋麋居诗稿》，我便果断地以势在必得的委托价，拍下了这部稀见书。

二访深圳尚书吧是2012年5月6日（星期日）上午。尚书吧陈设格局依旧，只是人物换了班。老板陈先生是河南书商，店员小贾是湖南老乡。进门处的精品书、热门书展示柜内港版新书琳琅满目，二手书专区与内室书橱港台版旧书居多。我先从展示柜内挑出一册章诒和著《最后的贵族》（香港牛津大学出版社2004年初版），后从二手书专区挑出一册恽茹辛编著《民国书画家汇传》（民国八十年十月台湾商务印书馆初版第二次印刷），最后从内室书橱中挑出一套《含光诗》（陈含光手写所作诗，民国四十四年台北正中书局印行、四十五年二月台初版）上下册线装本。付款后与陈老板品茶聊天。陈老板弄清我的藏书重点后，从精品区锁着的一个琉璃书柜内拿出两册抄本，说是港澳诗人方宽烈的稿本，深圳一位藏家寄售的。我细翻两册抄本，书名为《爱莲居词选》，白纸线装上下两册，硬笔书法很见功力。所抄内容为唐五代至晚清民国词，以词调为专题，分题按年代抄录，每题最后的作品都是"今人方宽烈"的词作。我对主编者堂而皇之选入自己作品的各类选本从来就敬而远之，此抄本竟将自己的词作与历代名家词作比肩并列，叹为观止，更引不起我的购买兴趣。后来查阅资料得知，方宽烈1925年生于香港，祖籍广东潮安，岭南大学经济系毕业，长期在香港、澳门从事编辑、写作，有《香港诗词纪事分类选集》《澳门当代诗词纪事》等著作行世。又有点后悔没能买下这两册奇书。套用韦力先生"没能得书就是失书"的著名观点，这也算是我的一则"失书记"。

三访深圳尚书吧是2012年11月26日上午。进门处宽阔的展示台上醒目地摆放着一排香港牛津大学出版社出版的"董桥散文系列"原版书，二手书专区和内室书橱中的港台版旧书品种更为丰富。我先从展示台上挑出"董桥散文系列"中的《小品卷一》《小品卷二》两册精美的小小精装本，后从二手书专区挑出陈定山著《十年诗卷　定山词合刊》（民国五十六年一月台湾正中书局初版）、陆宝树编《樵庵诗话》（香港天马图书有限公司

2005 年初版，16 开仿线装影印本，扉页钤"文灏敬赠"朱文印），《怀任斋诗词 频伽室语业合集》（蒋礼鸿、盛静霞著，香港天马图书有限公司 2004 年初版）。付款后照例与陈老板品茶聊天。见我这次买书较多，陈老板从刚进货的一堆二手书中抽出一册《忏慧堂集》（徐晋如著，海南出版社 2010 年 1 版 1 印，作者签名本）慷慨相赠。这本书也正是我求之不得的旧体诗词集。

四访深圳尚书吧是 2013 年 1 月 30 日下午两点至五点。这次买书停留时间较长，翻检也比较仔细。先从进门处展示台上挑出一册刚到货的《董桥七十》（香港牛津大学出版社仿羊皮精装本），后从二手书专区翻检出两册稀见的港台版旧体诗词集，一册为《罗音室诗词存稿》（吴世昌著，香港商务印书馆 1963 年 1 月初版），一册为《香宋诗词钞》（赵熙著，四川文献研究社主编，台湾正中书局民国五十五年六月初版）。见我购买了《董桥七十》仿羊皮精装本，陈老板打开上锁的一个精品书展示柜，拿出海豚出版社出版的《董桥七十》羊皮精装本（有作者董桥、编者胡洪侠、出版人俞晓群三人签名）与我一起欣赏。我问此书可否出让，陈老板笑说此为镇店之宝，将永宝之。我谢谢陈老板让我大饱了眼福。陈老板说书库里还有一套"书房一角"精装毛边签名本（还是绿皮本），问我是否有意纳入自己的"书房一角"。我说大老远背回一套家门口的出版社的出版物，非我乐为也。现在看来，这又是我的一则"失书记"。

五访深圳尚书吧是2014年1月25日（春节前夕）中午，陈老板不在店内。店员小贾说陈老板回河南老家过年了。我见店内新书旧书与一年前相比没有增加多少新的品种，只从进门处展示台上挑了一册牛津大学版"董桥散文系列"2013年新出《克雷莫纳的月光》和一册《邵燕祥自书打油诗》（香港牛津大学出版社2013年初版，繁体竖排精装本）。付款时见收银台旁边桌子上还有几册胡洪侠的小小精装本《微书话》，便也挑了一册一并付款。付款后寻思：尚书吧正是胡大侠经常出没的地盘，便留下《微书话》，请小贾方便时找胡大侠签名后寄给我。春节过后不久，便收到了小贾寄来的《微书话》签名本。

2017年10月6日访港归来，在深圳逗留一天。上午在莲花山公园转悠至十时，准点来到尚书吧。尚书吧布局变化不大，书的地盘略有缩小，酒吧的地盘略有扩大。港台版新旧书已不见踪影，线装书只有几本大路货。二手书以书文化专题彰显特色，品种和数量倒不少。挑了半天，总算挑中一本韦力新著《上书房行走》（海豚出版社2017年7月1版1印）签名本。付款时我问当班店员尚书吧是否有售书章，店员说售书章没有，店印倒有一方。说着从一个高端锦盒内取出一方寿山石印章。我见这方店印材质高贵，刻制高雅，当为篆刻名家杰作。遂请店员取出朱砂印泥盒，自己动手在韦力签名的右下方加盖了一枚"尚书吧"白文印。此为六访深圳尚书吧。

# 星城淘书好去处

## 甲　篇

近阅李广宇著《行囊有书》，书中提到他来长沙淘书，由于行前"特意做了做功课，在网上搜'长沙的书店'，听到的竟是一片吐槽，都说长沙真没有一家像样的书店"，结果仅在定王台书市打了个转，空手而归。

尽信网不如无网。国家首批历史文化名城之一的星城长沙怎么可能"没有一家像样的书店"？淘新书，可去湖南图书城、袁家岭新华书店、定王台书市；淘特色精品书，可去岳麓书社麓之风书店、弘道文化图书超市等独立书店；淘特价书，可去述古人文书店、述古特价书店（现改名为民生书局）、永胜己书店、星星书店。淘古旧书，也有几个好去处。

购买古籍善本可去长沙市韭菜园路大麓珍宝古玩城三楼的古籍轩。这是一家名副其实的古籍书店，也是目前长沙唯一一家专营古籍善本的实体书店，店主龙桂生，安化梅城人，十几年前来到长沙做古玩生意。先在湖湘文化大市场开古玩店，开始接触古籍。后在清水塘古玩街开古玩店，兼营古籍。清水塘古玩街搬迁后，正式在大麓珍宝古玩城亮出"古籍轩"的招牌专营古籍。古籍轩门面阔大，店铺亮堂，四壁及店中琉璃柜内摆满线装古书，且经常有新进线装古书上架，有时竟有数十万元的珍稀古书一次上架，吸引了来自全国各地的淘书客。古籍轩的古书，经史子集皆备。既有珍稀家谱、医书、药书，也有稀见诗文集。近几年我从古籍轩购得的稀见诗文集即有：民国初年（1916）湘上渔人行健曾运鸿、镇东柳人玉秀袁芳云合著红格稿本《春云阁吟香诗草》，1922 年木活字本《丽春楼诗选》（广陵洪砚珠字杜青著），潮安饶锷撰《天啸楼集》（民国二十三年铅印本），长沙许崇熙撰《沧江诗钞》（民国二十四年铅印本）、《沧江诗文钞》铅印本（1948 年长沙天灯巷公益印书馆印刷兼代售）、彭泽高超撰《宽庐遗集》（民国二十五年铅印本）等。羊年春节后又从古籍轩购得梅县钟动撰《天静庐诗存》（1953 年活字排印本）、饶平詹安泰撰《无庵词》（1937 年仿宋排印本）签赠本。

购买旧书可去以下五家古旧书店。

一是位于长沙市河西新民路新民学会旧址对面的师达古旧书店。店主邵老板是长沙市资深书店店主，1997年创办师达教育书屋。近几年将"师达教育书屋"更名为"师达古旧书店"，转向经营古旧书，吸引了河西高校不少古旧书爱好者前来淘书。我在这里淘到的好书即有：李立刻印《毛主席诗词印谱选》宣纸线装本（1979年湖南人民出版社1版1印）、何藻翔撰《邹崖先生诗集》宣纸线装本（1985年香港张丹意兰画舍藏本刊本），荒芜著《麻花堂集》《麻花堂续集》签赠本等。失之交臂的好书则有1973年香港中华书局版全六册《杜诗详注》《中国摄影》创刊号等。羊年春节后我托邵老板帮忙从网上购得杨宪益《银翘集》（1995年香港天地图书有限公司版）签赠本、胡遐之《荒唐居诗词钞》（岳麓书社1995年1版1印）签赠本等十多本稀见书。我执意要付给一定手续费，可邵老板执意不收，君子之风可鉴。

二是位于长沙窑岭的三家旧书店。从东往西，比邻而开，店名依次为小黎旧书屋、窑岭旧书店、旧书店。这三家旧书店开在低于街面的负一楼，与一长排各类杂货铺为伍。三家书店中，我在小黎旧书屋买书最多，每次去都有收获。羊年春节前即从这家书店购得一册湖南省参事室参事、著名诗人田翠竹为其学生、著名画家刘原书写的《田诗摘抄》册页一本，非常珍贵。

三是位于长沙浏城桥的旧书店。从窑岭的三家旧书店往西步行约十来分钟（经过湘雅附二医院沿复兴路西行）即到。这家书店店主姓李，曾在清水塘摆旧书摊多年，清水塘旧书市场搬迁后即在浏城桥开了这家旧书店。小李勤于收书，收到即摆在店里卖。每次去这家旧书店，都能挑上一至数本中意的旧书。羊年春节前我从这家旧书店购得一本《中国行书大字典》（范韧庵、李志贤编著，1990年上海书画出版社1版1印）精装本，品相绝佳。

除了每天营业的几家古旧书店，每周周末开市三天的天心阁古玩城古玩旧书地摊市场也是书友淘书的好去处。旧书市场主要集中在天心阁古玩城南侧通往地下停车场（也是古玩地摊经营场所）的一条长约200米的走廊内，沿着两面墙依次摆有数十个旧书摊，有如北京潘家园古玩市场的旧书长廊。摊主们每周都有新收到的旧书摆出来，带给淘书者意外的惊喜。近几年我在这条长廊内即买到了重约几公斤的八开大画册《中国电影画册》、吴越丝艺公司印制的《毛泽东诗词鉴赏》丝绸珍藏本（豪华特装版）、《周世钊同志诗词稿存》1976年重印的油印本、姜国仁作《雪鸿集》1977年5月油印本（作者签赠本）等珍品书。羊年春节后首个开放日，我在长廊内购到了李国钧主编的《中华书法篆刻大辞典》（1990年湖南教育出版社1版1印）精装本，品相很好，得以更换原有一册品相稍次的同名藏书。

长沙市的古旧书店和多数古旧书摊都是夫妻档，丈夫负责寻书进货，妻子负责守店守摊；丈夫精明儒雅，妻子贤惠泼辣。店主的压力主要在日益上涨的房租，摊主的烦恼主要在风吹日晒的艰辛。无论店主还是摊主，都认为现在好书难觅，货源缺乏。好书不愁卖不掉，也不愁卖不出好价。目前的旧书业尽管充满了压力和艰辛以及由此带来的烦恼，但也有收书时偶尔"捡漏"带来的欢欣。去年下半年，一位资深书摊主从一位废品收购者手中仅花几百元买下一套尚未拆包的1976年版《毛泽东选集》四函三十八册线装大字本，以近十万元的善价转手卖出。这个真实典型的"捡漏"佳话，也算是古旧书市场对一位忠厚善良的资深书摊主十几年如一日冷摊守望的奖励和鞭策。

## 乙 篇

《星城淘书好去处》的甲篇是2015年应《藏书报》之约为该报新开栏目"守望文化一角"量身定做的，作为"守望文化一角"栏目开篇发表在2015年6月8日《藏书报》2015年第22期（总第783期）。甲篇需要补记（续记）的是，龙桂生联合十几位古旧书商股东于2015年7月成立了湖南省九麓文化传播有限公司，在湖南省文物商店B座1088号开办了湖南省古籍书店。2015年10月21日至23日，湖南省古籍书店成功举办了"湖南省首届中国民间古籍展销会"。在这次展销会上，我买到了一部庐陵曾灿材因余撰《薑庐诗集》，辛亥（1911年）中冬上瀚槩本（木刻本），竹纸线装四册；还买到一部古敏州谢鹤年著《养云楼诗钞》，太岁甲子（1924年）稻香书屋初刊（木刻本），竹纸线装四册。并得以结识前来参会的原中国人民大学古籍整理研究所所长宋平生研究员。2017年4月15日至16日，湖南省古籍书店又成功举办了中国湖南第二届（民间）古籍善本交流会。在这次交流会上，我买到了一部黄杰著《澹园随兴》，民国五十六年铅印本，白纸线装一册。黄杰（1902—1995）是长沙人，黄埔军官学校第一期毕业，曾任湖南省政府主席、国民党中央常委、台湾"国防部"部长等职，先后被授予"陆军二级上将""一级上将"军衔，有《黄杰日记》等著作行世。《澹园随兴》为黄杰的旧体诗集，诗写得很好，书也印得精美。能在长沙买到这位乡贤的稀见诗集，也算是一种缘分，一段佳话。

《星城淘书好去处》甲篇所记是长沙新旧书市的"现在时"，乙篇所记当然就是长沙新旧书市的"过去时"了。

20世纪80年代初，长沙的新旧书店主要集中在长沙市中心五一广场一带，以东西向的五一路、八一路为横轴线，以南北向的南阳街、蔡锷路为纵轴线，四条线交叉形成的"井"字状街道的中间这个"口"字形方块内。五一路上的长沙市五一路新华书店当然是长沙市的购书中心，蔡锷路上的湖南省外文书店和报刊门市部应该是购书副中心。蔡锷路北端水风井的长沙古旧书店是新华书店的重要补充，而八一路上的先锋厅特价门市部和南阳街79号的新华书店批发部，也是新华书店系统的重要门店。在高校集中的岳麓山东北麓，还有一家麓山门新华书店，一家石佳冲新华书店。在长沙市坡子街湖南省群众艺术馆内，还开有一家长沙诗歌书屋。在我的售书章收集册内，收集到的售书章即有"长沙市新华书店五一路门市（社科）、长沙诗歌书屋"。

80年代初，年轻力壮，看书很猛，买书也很猛。每周星期天，我都是乘早班校车到五一广场，先到五一路新华书店看书买书，然后逆时针方向依次到湖南省外文书店、报刊门市部、长沙古旧书店、先锋厅特价门市部、南阳街批发部淘书；或者是先到长沙古旧书店处理带过来的过刊、旧书（再用处理所得书款购买店内古旧书），再到先锋厅特价门市部、南阳街批发部、五一路新华书店淘书。中午时分扛着大包小包乘中班校车回校。星期天下午有时还到麓山门新华书店、石佳冲新华书店、长沙诗歌书屋转转。这个时期买得最多的是中华书局、商务印书馆、三联书店、人民文学出版社、上海文艺出版社、上海古籍出版社出版的新书，从全套的高等学校文科教材买起，一直买到几成全套的"汉译世界名著"，还有大量的中国古典文学名著、中国现代文学名著、外国文学名著及中外文辞典。印象较深的有全套三辑五十本的"中国新文学大系"，精装全十册的《清名家词》，全套二十多册的"文艺探索书系"，以及《辞海》《辞源》缩印、合订本，《简明不列颠百科全书》，《中国大百科全书》。闲来无事，抽看一本，夜深人静，调阅一套。既有心领神会的品味，也有赏心悦目的把玩，更有夯实知识根基的刻苦攻读。这一时期，我的书房的灯是校园内每晚最后熄灭的一盏灯，有同事好友戏称我书房的灯是"春夏秋冬夜长明"。

80年代中期，长沙市袁家岭新华书店发行大楼落成，长沙市购书中心东移至袁家岭新华书店。1986年8月日记载："8月24日　星期日　晴　上午去袁家岭新华书店发行大楼参观，购书一批；下午去湖南图书馆借书后，又落袁家岭新华书店看书一小时，在特价部购书一批。""8月31日　星期日　阴　上午八时乘12路公共汽车至袁家岭下，欲去袁家岭新华书店选书，见书店周围人山人海，不想凑热闹，便挤1路公共汽车至小吴门下，在五一广场周围各家书店选书至十二时乘中班校车回校。"这两天的日记所记，应是袁家岭新华书店开业前后的盛况。从此以后，我每周星期天的淘书轨迹便成了"袁家岭新华书店→五一广场周边书店"的格局。偶翻一本《香宋诗钞》，赵熙著，四川人民出版社1986年1版1印（仅印1200册），见此书封底右下角定价位置盖有一枚"长沙市袁家岭新华书店综合门市部收款专用章"蓝印，当是这家书店开业之初所购。袁家岭新华书店楼高七层，是当时全国最大的一家新华书店。

80年代中期，在五一路新华书店的背后一条横街黄泥街，崛起了一条全国闻名的黄泥街书店一条街，大大小小上百家个体书店挤在这条窄窄的巷子内，显示出一派繁忙热闹的景象。黄泥街书市的书鱼龙混杂，既有卖书号出版的各色耀眼读物，也有折扣颇大的名牌出版社的品牌图书。黄泥街书市的岳麓书社门市部即是我流连忘返的一家书店，我就是从这里以七折优惠价购得了那套著名的未成全帙的"周作人作品集"19种全八册精装本，还有《文饭小品》《琅嬛文集》《霜红龛文》等五种"明清小品选刊"。

1999年湖南图书城在定王台落成开业，黄泥街书市整体搬迁至定王台，完成了世纪之交的长沙购书中心的南移。1999年2月日记记载："2月18日　上午九时到刚开业的湖南图书城购书，见到在此签名售书的邵华、毛新宇、郝明莉、乔榛、丁建华、韩少功、叶兆言等人。"1999年9月日记记载："9月24日至27日　第十届全国书市在湖南图书城举办。书市期间两次到书市选购图书。"十几年来，我从湖南图书城搬回了几套大部头精装本，如《沈从文全集》(北岳文艺出版社2002年1版1印)、《毛泽东年谱》(人民出版社2013年1版1印)等。在定王台书市内的岳麓书社定王台门市部，买回了《周作人散文全集》(广西师范大学出版社 2009 年 1 版 1 印)、《詹安泰全集》(上海古籍出版社 2011 年 1 版 1 印)、《全唐五代词》《全宋词》《全金元词》《全明词》《全清词》顺康卷(以上为中华书局版)、《全清词》顺康卷补编、《全清词》雍乾卷(以上为南京大学出版社版),还有"湖湘文库"中近现代诗人的 25 部 45 册诗文集,全为精装本。

进入新千年后,长沙市五一路新华书店改建为湖南省新华书店办公大楼,五一广场周边几家书店不复存在,长沙古旧书店搬迁至袁家岭新华书店四楼的古籍书店,我在这里还处理过一些过刊、旧书,并买到一册《藏英楼诗草》(林秉周著,民国铅印本,竹纸线装)下册(仅存卷三),还有几种宣纸线装版毛泽东诗词集。

新千年后,我把购书重点转向了古旧书收藏,并将重心锁定在 20 世纪旧体诗词线装本。随着购书重点转移,购书场所也转移到了长沙市清水塘古玩街及其街后墙内长沙市博物馆内的古玩旧书地摊市场。十多年来,每周周五至周日开放三天的清水塘古玩地摊市场就成了我每周必到之地,每天天不亮到场,中午时分离开,风雨无阻。十多年中,我在清水塘淘得旧书无数,都是随见随买,偶尔捡点小漏。印象最深的有两次,一次是以每册 10 元的白菜价买到十一册刘绍棠小说签赠本,一次是以极低的价格买到詹安泰稿本《花外集笺注》。在清水塘买到的旧体诗词线装本有（以买到的时间先后为序）：《毛主席诗词》，人民文学出版社1974年线装大字本，20开宣纸线装一册（2004年购得）；《湘潭黎氏诗稿》，旧钞本，竹纸线装一册（2004年购得）；《唐人七绝诗研究》，沈祖棻编，1957年9月武汉大学油印本，竹纸毛装一册，颜雄旧藏（2004年购得）；《不匮室诗钞》，番禺胡汉民著，民国二十五年写印本，白纸线装二册（2005年购得）；《瞿髯诗》，夏承焘著，无闻注释，戊午年（1978）油印本，宣纸线装一册，彭靖签赠本（2005年购得）；《湘潭刘半农先生诗集》，湘潭半农谭澍清著，民国三十七年铅印本（2007年购得）；《雁行集》，长沙陈廷辉兄弟姐妹九人合著，民国十七年岁在戊辰七月印于长沙，铅印本，白纸线装二册（2007年购得）；《小休堂未定稿》，[美国]马国均撰，1982年稿本，白纸毛装一册（2008年购得）；《求放心斋诗存》下卷，宁乡布衣黄耀南著，民国三年铅印本，竹纸线装一册（2010年购得）。

新千年第二个十年开始以后，清水塘古玩街搬迁至长沙简牍博物馆内的天心阁古玩城，古玩旧书地摊市场也随之搬迁到天心阁古玩城。新千年又一个十年过去大半，我仍旧怀念新千年第一个十年在清水塘淘书的美好时光。

# 藏书难忘《藏书报》

《藏书报》原名《旧书信息报》，是全国惟一一份国内外公开发行的藏书类文化专业报纸，是旧书交流的重要平台。从创刊号开始，我就和《藏书报》结下了不解之缘。我之藏书得益于《藏书报》者可谓多矣。藏书难忘《藏书报》。

难忘《藏书报》帮我"淘"进了不少好书。

《藏书报》有一个重要专刊，初名"旧书信息"，后名"书目信息""信息专版"，再名"市场资讯"，是深受藏书爱好者欢迎的一个专刊。这个专刊的专栏始终是两个："报上书店"和"转让信息"。

通过"报上书店"专栏及由此延伸的古旧书竞买展销、古籍文献专场拍卖，我买到了不少好书。

2005年5月，通过"报上书店"，我从黑龙江省牡丹江市一位书友手中买到了六部舒梦兰作品集：《秋心集》《和陶诗》《花仙小志》《游山日记》《湘舟漫录》《古南余话》，均为清嘉庆初刻本，竹纸线装六册，书品甚佳。

2005年6月，通过"报上书店"，我从天津一位藏家手中买到了一部沈恩孚著《沈信卿先生文集》，1951年铅印本，白纸线装三册，书品极佳。

通过"报上书店"，我还从两位上海藏家手中买到了两种很有价值的书。一种是上海市文史研究馆1990年至2009年编印的《上海市文史研究馆馆员传》第一辑至第七辑，大32开布脊精装本，印数为800—1000册，品相很好。第一辑扉页钤"上海市文史研究馆赠阅"蓝印，系时任上海市文史研究馆馆长王国忠（本书主编）的签赠本（签赠语为"张秀材先生指正"）。另一种为《毛泽东诗词艺术歌曲——廖昌永独唱音乐会》宣纸线装本，其装帧设计水平与文物出版社的毛主席诗词宣纸线装本不相上下。

在2008年12月28日《藏书报》古旧书竞买展销活动中，我委托买进了九册稀见的旧体诗词油印本。这些油印本是：

《流霞集》《暹韵小集》，罗元贞著，1963年油印本，白纸线装二册。

《龙岩诗钞》（汪巩庵选校本）、《龙岩诗词合钞》、《龙岩诗钞续选》，石埭沈曾荫仰放著，分别为辛丑年（1961）、壬寅年（1962）、癸卯年（1963）油印本，白纸线装三册。

《陶楼诗钞》，贵筑黄子寿先生遗稿，紫江朱启钤编次，1960年1月紫江朱氏编印，黔南丛书之一，竹纸线装一册。

《归侨吟》，丘卫才著，1964 年油印本（收 1952 年回围观光起十二年诗），白纸毛装一册。

《老学庵诗词遗稿》，无锡孙绍洙念惺著，民国廿有五年二月油印本，白纸线装一册。

《草楼杂录》，淮安郝庶孝洲著，60 年代油印本，竹纸毛装一册。

在 2010 年 10 月 24 日《藏书报》举办的北京德宝庆贺《藏书报》创刊十周年古籍文献专场拍卖会上，我委托拍入了一部孙雄著《旧京文存　旧京诗存》，民国辛未年（1931）孟夏铅印本，宣纸线装四册，书品甚佳。

在 2011 年 12 月 4 日《藏书报》举办的北京德宝古籍善本藏书报专场拍卖会上，我委托刘淑敏场外成交一部江宁夏仁虎著《枝巢九十回忆篇》，1963 年香港铅印本，白纸线装一册。

在 2012 年 9 月 28 日《藏书报》举办的北京德宝古籍文献、文房雅玩藏书报专场拍卖会上，流拍了一幅"朱启钤自书诗卷"。我又委托刘淑敏从送拍的北京藏家手中买到了这幅珍稀的诗卷。

"报上书店"专栏还开展了一项"为读者寻书配书"业务。通过"报上书店"，我寻到了印数与《全明词》差距很大因而一书难求的《全明词补编》（浙江大学出版社 2007 年 1 版 1 印，全二册精装本），使《全唐五代词》至《全清词》历代词总集系列精装本"完整合龙"。通过"报上书店"，我还配齐了最后五册品相极好的人民文学出版社"世界文学名著文库"精装本，圆满完成了集齐全套"世界文学名著文库"的任务。

通过"转让信息"专栏，我结识了不少书友，也买到了不少好书。兹举两例。

2004 年 10 月，山东平度李春雷先生在"转让信息"专栏刊登了一批古籍转让信息。通过多次电话、书信联系，我从李先生手中先后购进了三部线装书。一部是戴恩溥未刊稿本《见山楼诗稿》四卷，光绪壬寅年（1902）戴恩溥自序于柳江官署之见山楼，竹纸毛装一册。李先生来信告知，"最近博物馆长得消息后，亲自来翻阅审定，认为这是戴本人在柳州官署被洪水围困见山楼时留下的墨迹，后又有所修笔，当为稿本"。一部是《入洛集》，光绪七年写刻本，白纸线装一册。还有一部是清钞本《国朝诗钞》，竹纸毛装一册，小楷抄录，字迹工整，苍劲而又潇洒，宛如刻印。

2006 年 4 月，我从"转让信息"专栏中看到西安李兰俊先生刊登的一条书目，有一部邵章著《伡庵遗稿》（1953 年油印本）转让，立即汇款购进此书。此油印本由北京西单区石板房九号前进打字誊写社承印，白纸线装厚厚一册，开本阔大，书品绝佳。李先生随书附寄一页札记感人至深："此书余于一九五六年购于西安，迄今已整50载。五七年考上大学赴兰州，携书十余本，其中有此书，其余数百本书只得卖给西安的旧书店了。余读大四时，购书已逾八架。不意六一年毕业时分配到新疆，书太多无法全带走，只好把大部分卖到兰州旧书店，所余的数十本书中有此书，因其系油印本，弥足珍贵，又想据此作一番研究，故舍不得卖也。到乌鲁木齐后教中学语文，十余年又购书十多架。一九七八年考研究生回到西安，毕业后留在西安工作，只好回乌鲁木齐处理大部分藏书，卖给旧书店，只带一少部分书返回西安，此本亦在其中也。如此再三地处理自藏的图书，赔钱不少，实因自西安至兰州，再至乌市，又至西安，许多书难以带着上路也。今已六十六岁，研究的课题很多，在计划中已不能对此书作研究了，故于去年冬决定将此书转让，拟一广告，寄旧书信息报，后改名为藏书报，迟到今年四月才登出。此油印本甚为珍贵，已随余五十年，因年岁已老，无能力对此本作研究了，故愿转让给他人收藏、研究。余甚不才，在中国和日本发表学术论文远逾百篇，出版独著两本、合著七本，在中国内地、香港、台湾及日本、法国、韩国、马来西亚等国的书刊中曾多次报道学术成果与各种新的学术观点。今后拟出新的学术著作若干本。年老多病，只当是完成一些遗著，有益于后世，此愿足矣，无复他求。余寄希望于年轻人，寄希望于以后一代又一代的学术新人、文学新人，深信必有很多好作品、好的学术专著问世。此札记持赠杨成杰先生存正。李兰俊识　二〇〇六年四月于古今名城西安"。

难忘《藏书报》帮我"淘"出了不少旧书。

2003年至今，我先后在92期"报上书店"专栏上刊出两千多条转让信息，累计转让出去旧书1280种（1500多册）。这些旧书多是只读不藏之书，有的是有复本，有的是难成专题、不入系列，有的是书品没到精品级别，读过之后，藏之"超编"，弃之可惜。故依托"报上书店"这个旧书交流平台实施"精书之道"，也为这些旧书找到一个更好的归宿。头几年是定期或不定期将读过之书寄到《藏书报》广告发行部，委托刘淑敏女史全权处理，售出之书一个季度结算一次，未售之书寄回。后来改为只刊书目，由我发书，倒也省事不少。难能可贵的是，刘淑敏十五年如一日，经办旧书转让业务细致入微，售书没出过一次差错，结算也没出过一次差错。2003年至2008年各期售出结算清单都是用工整秀丽的钢笔字写在"河北省出版总社报刊中心"绿格稿纸上，寄回的清单积累起来足有厚厚一摞。2009年之后改用电脑打印，寄回的清单也有厚厚一叠。如此敬业的七〇后吾不多见矣。

难忘《藏书报》发表了我的多篇文章。

2012年12月3日，《藏书报》2012年第48期（总第655期）发表了拙文《乐水者寿》，受到不少学界朋友好评。

2013年6月24日，《藏书报》2013年第25期（总第684期）发表拙文《苦心经营一墙书》，受到藏书界朋友的关注。此文曾获中国阅读学研究会、中国图书馆学会藏书文化研究委员会等机构举办的"文宗阁与中国藏书文化——纪念镇江文宗阁复建一周年"全国有奖征文三等奖。

2015年春节前夕，《藏书报》社向我约稿纪念藏书家何光岳先生，立即写出《两登光岳藏书楼》发往报社，刊登在2015年3月23日出刊的《藏书报》2015年第11期（总第772期）。

此后不久，《藏书报》社又约请我为拟开办的"守望文化一角"专栏写一篇反映长沙购书市场现状的文章，当即写出《星城淘书好去处》发往报社，作为栏目开篇之作发表在2015年6月8日出刊的《藏书报》2015年第22期（总第783期），受到本地和外地不少读者的关注，有书友竟将此文作为"长沙淘书指南"。

"大块文章"接连刊出，写作热情持续高涨。我又写出《"骆驼丛书"出书知多少》《保定识得邓社长》两文发往《藏书报》社。《"骆驼丛书"出书知多少》一文很快就在2015年6月22日出刊的《藏书报》2015年第 24 期刊出（发表时标题改为《"骆驼丛书"出版了多少》）。《保定识得邓社长》一文因有一段文字关涉"借名人之口夸奖《藏书报》及其工作人员"，未能刊出。

2012 年 8 月上旬，我到石家庄开会，抽出一个上午专程前往天苑路 1 号《藏书报》社，查找一份刊有《文学出版中的"三峡工程"》一文的早期《旧书信息报》，见到了通话通信十年之久的刘淑敏女士。由刘淑敏引见，又见到了时为《藏书报》总编辑的王雪霞女士。两位七〇后热情地留我吃午饭，说是已在报社附近餐馆订好了中餐。我见报社办公条件仍很简陋，知道支撑一份小众报纸的艰难，便婉谢了两位女士的盛情，赶回开会的酒店吃自助午餐。

2013 年 5 月中午，在孙犁故里安平县政府招待所，我和邓子平社长见到前来与会的王雪霞总编辑，初步约好散会后乘她的车回石家庄。因有公务王总编辑提前离会，我与邓社长散会后便乘早班汽车去石家庄。"路途约两个小时，聊得最多的是各自与《藏书报》的缘分。邓社长说他在职期间，曾以广告费的方式每年给予《藏书报》一些支持。退休后，《藏书报》社的王雪霞、刘淑敏两员女将经常带着刚出炉的《藏书报》登门看望，嘘寒问暖。提起王雪霞、刘淑敏，他一脸得意地说这俩小孩特敬业、特优秀，把一份高品位的小众报纸办得有声有色，有模有样。那神情就像夸耀自己特有出息的子女。"上引这段文字，就是影响到《保定识得邓社长》一文未能在《藏书报》刊出的那段文字。

　　2015年10月下旬，刘淑敏女士来长沙参加湖南省首届中国民间古籍展销会。展销会期间，刘淑敏介绍我与宋平生研究员结识并作长时间交谈，又一起登上了岳麓山顶上的云麓宫，参观了岳麓山脚下的岳麓书院，然后在著名的火宫殿共进午餐，品尝了几种早已今非昔比的火宫殿名小吃，算是尽到了一点地主之谊。

# 偶从网上觅奇书

　　我不习惯网上购物，更不习惯网上购书。偶有所需，则请朋友帮忙操作，代为购入；或请朋友帮忙搜寻，提供线索，电话（或短信）成交。

　　网上购来的第一种旧书是杨宪益《银翘集》（香港天地图书有限公司 1995 年版）签赠本。杨宪益是"后唐宋体"诗派（一个"以旧体诗体裁用新语言、新意象、新题材表现新思想、新精神"的旧体诗流派）的重要诗人。"以白话、口语入诗，在后唐宋体诗人群中，杨宪益是走得最远、也是用得最好的诗人之一。"（王尚文著《后唐宋体诗话》，中国社会出版社 2011 年 1 版 1 印）杨宪益旧体诗集《银翘集》1995 年由香港天地图书公司出版之后，福建教育出版社 2007 年又出版过一次。我曾买到过福建教育出版社出的这个版本读过一遍，觉得这个版本收诗不全，版式设计也很平庸，读过便处理掉。以后一直想在旧书店购藏一本香港天地版《银翘集》。寻觅多年，没有见着。只好从网上买，结果便买到了一本品相全新的签赠本（签赠语为："巴彤同志一

晒　杨宪益　一九九七年”)。尽管价格不菲，买到后喜之不尽。港版《银翘集》收诗齐全，装帧高雅，版式悦目，是名副其实的图书精品。

　　网上购来的第二种旧书是《绘图本王蒙旧体诗集》（王蒙诗，谢春彦画，上海古籍出版社2001年1版1印）王蒙、谢春彦签名本。王蒙是一位才华横溢的作家，他的小说我读到几种，散文也读过几本。其中一本百花文艺出版社出版的小开本王蒙散文集我曾珍藏多年，几年前王蒙来毛泽东文学院讲学，我委托一位同事前去听课，顺便请王蒙签了名。我见带回的签名本上，仅“王蒙”二字，字迹也很“潦草”，便随手送人了。后来见到所有王蒙著作签名本，签署的大都是“潦草”的“王蒙”二字，后悔又不该送人。《绘图本王蒙旧体诗集》刚出版时，我没太在意，也没有购买。几年前从旧书店、旧书摊各见到一册，又嫌品相不够好没有买。直到两年前在旧书摊上再见到一册，尽管品相不太好，我还是买下了。买下的原因仅仅是出于好奇：小说家王蒙也能写诗？买来即读，大出所料。王蒙不仅能够写诗，而且写得很好，是典型的“后唐宋体”风格，机智俏皮，别有“油味”。于是便想从网上购买一册品相特好的收藏。结果便寻到了这本品相特好的《绘图本王蒙旧体诗集》诗画作者签名本，价格才一百多元。这本“王诗谢画”诗集，装帧及版式可与港版《银翘集》比美，开本也与《银翘集》一致（窄型大 32 开）。签名页左下角依然是"潦草"的"王蒙"二字（此处写得大便显出潇洒），"春彦"二字只好屈就在仅留的右下角"缝隙"处，令人忍俊不禁。书内有一张粉红色"开奖券"，是上海古籍书店开展的"王蒙、谢春彦《王诗谢画绘图本王蒙旧体诗集》签名有奖售书活动"开奖券（有效期：2001 年 4 月 8 日），编号为 300023。此开奖券正好证明此书签名"真迹无疑"。

网上购来的第三种旧书是《柏杨诗抄》（作家出版社 1993 年 1 版 1 印）。柏杨曾获美国凤凰城国际桂冠诗人联合协会 1991 年度国际桂冠诗人奖，也是"后唐宋体"诗派的重要诗人之一。《柏杨诗抄》由台北四季出版社 1982 年版，台北跃升出版公司 1992 年再版，作家出版社 1993 年印行大陆版，虽仅薄薄一册，分量确实很重。我曾在长沙星星书店多次翻阅一套人民文学出版社出版的《柏杨全集》，对这套三十多卷本全集的倒数第二卷爱不释手，这一卷上半部分就是《柏杨诗抄》。我曾想特价购下这套大部头全集，又觉得书房放不下；与店主商量高价购下这一卷刊有《柏杨诗抄》的单册，也没有商量余地。只好到网上看看有没有《柏杨诗抄》台湾初版、再版的版本。多次搜索，一无所获。最后仅花 4 元人民币（另加 5 元邮费）从网上购来一册作家出版社出版的《柏杨诗抄》。购来一看，装帧版式都还过得去，诗词也一首不少，总觉不够精品级收藏标准。有机会去台湾再好好搜寻一下，争取收藏一册台湾版《柏杨诗抄》。

网上购来的第四种旧书是荒芜《纸壁斋集》。荒芜也是"后唐宋体"诗派的一位重量级诗人，他的《纸壁斋续集》（"骆驼丛书"版）我早已购藏，《麻花堂集》和《麻花堂续集》我已购藏签赠本。我还曾从天津三品堂委托拍入一幅荒芜自书诗立轴，系香港收藏家鲍耀明旧藏。就差一本《纸壁斋集》（黑龙江人民出版社1981年1版1印）没有买到。此书仅印3500册，旧书店、旧书摊已很难见到了。最后花上20元人民币（另加4元邮费）从网上购来一册品相较好的《纸壁斋集》，配齐了荒芜的全部旧体诗集。

网上购来的第五种旧书是李锐《龙胆紫集》（湖南人民出版社1980年1版1印）。李锐是"后唐宋体"诗派重要诗人。寒斋已购藏《龙胆紫集》三版本（澳门学人出版社2005年第一版，仅印3000册），还藏有一册《沈鹏书李锐诗词选》（广西人民出版社1988年1版1印，仅印2100册）签赠本（签赠语为"润泉同志惠存　李锐　一九八八年十二月"）。《龙胆紫集》初版本（湖南人民出版社1980年1版1印）我曾有过两册，都因品相不够精品级处理掉了。最后花120元人民币（另加6元邮费）从网上购来一册品相完美的《龙胆紫集》

初版本，填补了这一空白。

网上购来的第六种旧书是胡遐之《荒唐居诗词钞》（岳麓书社 1995 年 1 版 1 印，仅印 2000 册）签赠本。胡遐之曾任岳麓书社社长，也是"后唐宋体"诗派的重量级诗人。我与胡遐之先生曾有过一面之缘，查日记得知是 1987 年 5 月 6 日，"与熊东遨（就加入湖南省诗词协会事）先去岳麓书社，后到烈士公园浮香艺苑找到岳麓书社社长（兼湖南省诗词协会副会长、《湖南诗词》主编）胡遐之，谈半小时。"曾在光岳藏书楼见过一册《荒唐居诗词钞》签赠本，便想到购藏一册。老以为此书为湘版，在长沙旧书店、旧书摊不难见到。寻觅十多年未获，只好花 50 元人民币从网上购来一册，了却一个心愿。此书扉页签赠语为"金式吟兄雅正　胡遐之　戊寅夏月"，书品很好。

网上购来的第七种旧书是王辛笛《听水吟集》（香港翰墨轩出版有限公司 2002 年版，窄型大 32 开本，高级书纸精印）。王辛笛以新诗名世，有《手掌集》《手掌二集》等新诗集问世。2012 年上海人民出版社出版了一套五卷本《辛笛集》，第三卷为旧体诗集《听水吟》。据编者王圣思介绍，王辛笛的旧体诗作多达 600 余首，此卷收录 200 余首。为了解王辛笛旧体诗全貌，便从网上购进了港版《听水吟集》。

网上购来的第八种旧书是《台静农诗集》（许礼平编

注 香港翰墨轩出版有限公司 2001 年版，窄型大 32 开本，高级书纸精印）。购买此书是因为读过《听水吟集》后，从书尾所附图书广告得知香港翰墨轩还出版了一种《台静农诗集》，按图索骥，购而藏之。

网上购来的第九种旧书是郑超麟《玉尹残集》（湖南人民出版社 1989 年 1 版 1 印，"骆驼丛书"，仅印 700 册）签赠本。此书为旧书界公认的"一书难求"的"大缺本"，又是签赠本（受赠人陈振苍为著名建筑师，人民大会堂 40 名设计工程师之一），网上标价之高是可以想象、也可以理解的。从网上查找到网店店主的手机号码之后，我便通过电话与店主谈价。店主是一个年轻女孩，性格开朗，很好沟通。经过几番和风细雨的讨价还价，最终在一个较为理性的价位区间成交。

网上购来的第十种旧书是《天放楼诗集》，吴江金天羽（原名天翮）松岑甫撰，壬戌年（1922）中秋初版（上海有正书局印刷），竹纸线装二册（铅印本）。金天羽共有三部诗集，《天放楼诗集》《天放楼诗续集》和《天放楼诗季集》。《天放楼诗季集》我已于 2010 年从天津国拍今古斋一次拍卖会上委托拍入，《天放楼诗续集》我已于 2015 年从南京真德拍卖公司一次拍卖上委托拍入。剩下《天放楼诗集》没有着落，只好从网上试试书运。书运不错，上海一家网上书店阿鸣书店刚好上了一部《天放楼诗集》，书品很好。即与店主联系。经过几轮短信磋商，低于拍卖价买进此书，配齐了全套金天羽诗集。

网上购来的第十一种旧书是《天虚我生近稿·半亩园集》(陈栩著，民国二十年铅印本，白纸线装一册)。2011年我曾从天津三品堂一次委托拍入四册(栩园丛稿)，都是诗集和词集，对天虚我生的诗词喜爱有加。2016年3月，通过《藏书报》"报上书店"又购进一册《天虚我生近稿·半亩园集》，书品很差，而且缺页。试试在网上找找，在上海一家网上书店源缘堂找到一册书品极佳的《天虚我生近稿·半亩园集》，即与店主短信联系，以低于从"报上书店"购进的书品很差的那册书的价格购进此书。一个多月后，又从网上见到一册《栩园遗稿》，也是民国铅印本，价格奇昂。试着与店主短信磋商，店主自称"书太公"，拒不商价，只好作罢。

网上购来的第十二种旧书是丁宁《还轩词》(安徽文艺出版社1985年1版1印，仅印2400册)。这本书虽然是当面成交，因为是从网上找到，当面成交的又是网店店主，还是归类为网上购来。丁宁是现代杰出的女词人，她的《还轩词》在旧体诗词界享有很高的声誉。《还轩词》原名《还轩词存》四卷，原有三种不同时期的油印本行世。安徽文艺出版社1985年版《还轩词》应是第一次公开出版的初版本，校订了脱讹文字，增加了必要的注释，窃以为是丁宁词集最佳的版本。这本词集我寻觅了十几年，最后还是求助于网络才找到一册。出售这册《还轩词》的网上书店名曰"和诚达书店"，就开在长沙。试着拨通店主的手机，传来的声音非常熟悉，原来就是几年前经常在清水塘、天心阁旧书市场摆旧书摊的那个小孙。我曾从小孙的旧书摊购得一册书品特佳的《诗霸人狂毛泽东》（刘济昆编著，中华民国八十年八月台湾海风出版社有限公司初版），印象很深。小孙开了网上书店以后，就很少来旧书市场摆摊了，但还是经常来旧书市场买书。我在电话中没说看到了网上出售的《还轩词》，换了个说法是多年前曾经看到他在我前面先得过一本《还轩词》，问他这本小书还在不在。小孙说还在，周末来天心阁带给你看看。看过之后，便用十五册书品很好的旧书交换了这本书品很好的《还轩词》。几个月之后，应小孙之邀我到位于南郊公园附近一家大型国企宿舍小区的小孙家中拜访，算是第一次走进了一个网上书店现场参观。小孙住在这个小区一栋老旧宿舍楼的一楼，三室一厅的房子内全是旧书。一家三口与书同住，日子过得还比较滋润。我想这全靠他的聪明智慧和勤奋劳作。过去我对网络书商的"唯利是图"多少有些不悦，去过小孙家之后便也多了一层理解：靠卖书养家糊口多不容易啊。这次拜访，我带去一本小杜鹃艺术团赴中南海汇报演出莅场嘉宾签名册，交换了一张品相特佳的《伟大的领袖和导师毛泽东主席讲话录音》黑胶唱片。

# "漏网之书"仍有"漏"

　　长沙古玩地摊市场从清水塘迁到天心阁后，经常可以看到一些网络书商的身影。这些网络书商可以分为两类。一类是"进货者"，天不亮就守候在市场入口处，摆书摊的摊主一出现，便蜂拥而上，七手八脚，眼明手快，将好书一抢而空。还有一类是"出货者"，将网上滞销的旧书拿到地摊市场上卖。被"进货者"抢购过的旧书摊位别指望还有什么好书，而"出货者"摆的旧书摊位上倒经常可以买到一些可用而又可意的好书，有时甚至还可捡点小"漏"。我将从网络书商"出货"摊位上买到的书戏称为"漏网之书"。这些书都是小菜价，少则3元，多则10元，大多是5元。兹将印象较深者展示数册，敝帚之珍，聊博一笑。

　　**一、陈国钊旧藏《毛主席诗词》**

　　某日经过一网店"出货"摊位，见一册书品很好的《毛主席诗词》无人问津，便弯腰细看，见封面右下角签有"国钊　一九六四"两行漂亮的钢笔字。正巧那两天从一位书友处得知，最近他买到了好几种陈国钊旧藏的老画册，推知这本《毛主席诗词》应是著名画家陈国钊旧藏。不便细翻，向摊主询价，答曰3元。赶紧掏出3元零钱递给摊主。晚上于灯下细翻此书，大喜过望。这本《毛主席诗词》是1963年12月人民文学出版社1版1印平装本，繁体竖排。书内用非常漂亮的钢笔行书在天头位置过录了三十多条注释材料，又在扉页和书内大的空白处过录了毛泽东给《诗刊》编辑部的两封信和在《毛主席诗词十九首》上的批注，可见陈国钊先生对毛泽东诗词阅读之精心。陈国钊先生是长沙人，曾任湖北省博物馆馆长，晚年又回长沙居住。我曾读过一本《陈国钊题画诗选》，诗写得极有功力。可见陈国钊先生对于诗词很有研究，且受毛泽东诗词影响很深。这本书开价三百，我也不会还价。

## 二、《毛主席诗词十八首讲解》

《毛主席诗词十八首讲解》，臧克家讲解，周振甫注释，中国青年出版社1957年10月1版1印，48开平装本。虽然印数为12万册，保存完好的并不多见。我以5元购得的这本，就属保存完好的一本。此书虽为注释本，也可说是正式出版最早的一本毛主席诗词，早于人民文学出版社和文物出版社的《毛主席诗词十九首》。原藏者在书末版权页工整地用钢笔抄录了一首《赠柳直荀烈士夫人李淑一》（1957.5），就是在《蝶恋花·答李淑一》没有公开发表之前抄录的。

### 三、《毛主席诗词注释汇集》

《毛主席诗词注释汇集》，无编印单位，有出版年月。封面设计仿人民文学出版社 1963 年 10 月版《毛主席诗词》平装本，亦为 32 开平装本。翻开封面即为一纸"说明"："为了帮助同志们学习毛主席的诗词，特翻印了兄弟单位编印的《毛主席诗词注释汇集》。这本《汇集》，因注释者对毛主席诗词的解释各有不同，正确与否，请阅读者自行分辨，批判吸收，仅供同志们学习毛主席诗词时参考，不要翻印和外传。一九六七年十月。"自己翻印了"兄弟单位编印"的资料，还要人家"不要翻印和外传"，真逗。这本《汇集》，逐句采录了郭沫若、臧克家、周振甫、王力、安旗、张涤华、吴天石、诚一、蔡仪、张光年、苏运中、刘开扬、羊路由、饶芃子、赵朴初、佛雏、宛敏灏、马国权、祖保泉、王迅川、周世钺、马茂元、汪稚青、张志岳、卞慧、萧涤非、顾易生、陈永根、谢思洁、唐弢、孙正行、周洪中、袁珂、成平、袁行景、夏承焘、黄天骥、苏寰中、赵瑞蕼、王起、胡光、王仲镛、张仲浦、胡守仁、殷孟伦等数十家（且多为学者）的不同解释，一册在手，无复他求。此书因缺封底，躺在一个网店"出货"摊位数月之久。我以 3 元购得，从一本六三年人文版《毛主席诗词》平装本上裁下封底，细心补上，天衣无缝，再压平整，成为一册毛主席诗词注释本精品。

## 四、《毛泽东楹联辑注》

某日驻足一网店"出货"摊位，一本杏黄色封面上贴一大红色签条（上书"毛泽东楹联辑注"书名）的小书引起我的注意。细看此书，唐意诚编注，湖南省楹联学会 1993 年 11 月编印，为《今古对联》丛书之三，用"新出准字"书号内部刊行。作者经过十余年的收集、鉴别和整理，编注了这本《毛泽东楹联辑注》。全书按对联内容，大致分为巧联、治学、庆贺、题赠、名胜、哀挽、摘句、鉴赏八类，入选毛泽东 70 余副对联。并有六个附录，凡与毛泽东相关的楹联作品，悉数录入。有次我在韶山市委党校听一个讲座，主讲人引用了一副韶山毛氏宗祠联："不大地方，可家可国可天下；寻常人物，能文能武能胜神。"印象很深。查阅此书附录四，果有收录。此书由湖南名编雷树德编辑，湖南图书用品厂印刷，精致典雅，编印俱佳。向摊主询价，答曰 5元，笑而收之。

## 五、《沁园春词话》签赠本

某日在一网店"出货"摊位细细翻找，找出几本值得一看的小书仔细筛选，其中一本《沁园春词话》特别抢眼。书名由茅盾题写，五个烫金大字竖行印在封面左侧。臧克家、霍松林的两篇序，对此书给予了很高的评价。我将此书夹在其他几本 5 元书一起付款也没引起争议，可见摊主早已将此书列入了 5 元书的范畴。付款后细看此书，觉得很有价值。"这本词话，将当年有关毛主席《沁园春·雪》发表之后所引起的斗争以及有关资料，汇集在一起，并将毛主席的原作、其他同志的和作——加以解释，无论对毛主席诗词从事研究工作的同志，还是一般读者，都有用处。"（臧克家序）"这部《沁园春词话》对十二首正面《沁园春》词和七首反面的《沁园春》词的不同思想内容作了解释和评论，爱憎分明，却避免了抑扬过当的毛病，显示了实事求是的科学态度。"（霍松林序）

此书1983年由陕西人民出版社出版，作者黄中模当时在重庆师范学院任职，书名页有作者题写的签赠语。

**六、《全球当代诗词选集》( 上下卷合订本 )**

此书由纽约四海诗社编印，1990年9月16日初版，繁体竖排，大32开压膜封面平装本，760页。四海诗社1983年创立于纽约，1985年举办第一届"四海诗声"国际奖征诗活动，1986年编印《四海诗声》第一辑线装本，轰动海内外。1988年春开始，四海诗社又联合台湾两家诗社举办戊辰诗人节国际奖征诗活动，迄1989年底截止，共计收到来自世界五大洲之应征作品二万三千七百多首，作者包括文学教授（约30%）、各科系学者、文艺作家、骚坛名宿及青少年诗人（从18岁至108岁）等，超过二千三百人。四海诗社从中精选出三千余首编成《全球当代诗词选集》一书，以"四海诗声"第二辑名义分上下卷合订印行。每一作者自成单元，各体俱备；作品编次则以作者姓氏笔画为序，别开生面。此书定价 15 美金，在一网店"出货"摊位上以 10 元人民币购得。类似几种现代旧体诗词重要选本都是 10 元购得的"漏网之书"。这些选本有：《二十世纪名家诗词钞》（毛谷风编，华东师范大学出版社 1993 年 1 版 1 印）、《中国当代诗词选》（叶元章、徐通翰编，江苏文艺出版社 1986 年 1 版 1 印）、《当代中国诗词精选》（《中国当代诗词选》之续编）（叶元章、徐通翰编，浙江古籍出版社 1990 年 1 版 1 印）、《当代八百家诗词选》（毛谷风选编，浙江大学 1990 年 1 版 1 印）、《海岳风华集》（修订本）（毛谷风、熊盛元合编，浙江文艺出版社 1998 年 2 版 1 印）、《海岳天风集》（毛谷风选编，杭州出版社 2010 年 1 版 1 印）。

## 七、《澳门当代诗词选》

《澳门当代诗词选》，冯刚毅主编，澳门中华诗词学会 1992 年 9 月第一版，窄型大 32 开，繁体竖排，高级书纸精印。此书编入澳门当今一代四十多位作者的七百多首作品，大体勾勒出了澳门当代诗词的基本面貌。主编冯刚毅，原籍广东开平，1944 年生于印度尼西亚，后归国。1979 年到澳门定居，为澳门华侨报编辑。著有诗词集《天涯诗草》《镜海吟踪》等。本书选入的冯刚毅诗词四十八首，首首可圈可点。紧随其后入选的冯倾城诗词二十首亦清新可诵。"冯倾城，1975年生，原籍广东开平，1980年移居澳门，现就读圣心女子中学高中三年级。作者酷爱文学，兼写古典诗词。"从简历上看，当为冯刚毅之女。有其父必有其女，实为澳门诗坛佳话。此书亦为"漏网之书"，10元人民币得之。

## 八、《堇葵词》签赠本

2015年度最后一个摆摊日，风雪交加。我抱着试试看的心情顶风冒雪来到天心阁古玩城，旧书长廊内仅有一个网店"出货"摊位摆摊。摊上"出货"旧书倒不少，大都是以前摆过的。在摊主期待的目光注视下，我挑出一册小开本的《堇葵词》向摊主询价，答曰5元。我掏出一张10元新钞递给摊主说"不用找钱"，便揣上小书走进了茫茫的风雪中。《堇葵词》，俞润泉著，癸酉年（1993）自印本，有"湘出准字"准印证。此次淘得的《堇葵词》为作者赠送湖南省文史馆同仁伏家芬的签赠本，签赠语为"家芬先生方家指正　俞润泉　一九九四年三月"，钤"俞润泉"白文印。俞润泉解放初期在《新湖南报》任编辑、记者，与李锐、钟叔河是同事。寒斋所藏一册《沈鹏书李锐诗词选》就是李锐签赠俞润泉的。1958年后与钟叔河又成为洣江茶场的难友，曾在洣江茶场油印过一册《茶叶栽培举要》。1989年受聘为湖南省文史馆馆员，文史馆为其出过一本

《湖南饮食丛谈》。2003年俞润泉去世后，钟叔河写过一篇《润泉纪念》，对俞润泉作出了知根知底的评价："润泉的才情，在他印成的《湖南饮食丛谈》等书中，看不大出"；"他生而具诗人的禀赋，有诗人的气质，当世却不能尽其才。"这本《堇葵词》是诗人留给世间唯一的一本诗词集，其阅读价值和收藏价值都值得期待。

## 九、《蔷薇集》签赠本

2016年某夏日，我汗流浃背地在天心阁古玩城旧书长廊巡视，以5元购得一册任光椿著《蔷薇集》（中国文联出版社2001年1版1印）签赠本（签赠语为"××同志存念　任光椿　二〇〇一年仲夏赠"，钤"任光椿"朱文印）。签赠语用毛笔书写在签名页上，一笔行书漂亮极了。20世纪80年代我与任光椿先生有过一些接触，知道他是一位小说家，著有长篇历史小说《戊戌喋血记》《辛亥风云录》等。这本《蔷薇集》为任光椿的诗集，新诗旧诗各体齐备。第一辑为现代汉诗，第二辑为散文诗，第三辑为现代汉俳，第四辑为旧体诗、词、曲，第五辑为翻译诗。最喜其中的旧体诗词曲。词尤爱《鹊踏枝·自宽》："老来莫怨人情薄，且自宽心，缘尽都抛却。花开怎能花不落，几人能践百年约？莫向花前悲索寞，且尽余杯，好酒轻轻啜。洞明万事不如和，清闲即是神仙乐。"散曲尤爱《双调·沉醉东风》二首："伴我有架上书，栖身有几间屋，谢苍天，此生足。到老来学个渔夫，书海一竿钓今古，卧游遍欧风汉雨。 相识人满天下，足迹踏遍山河，从不怨，人情薄；只自愧，酬应拙。老来亲友渐零落，多情还剩三个：明月、清风、共我。"从此书中获知，任光椿除出版过十二种小说、散文、诗歌集子外，国画作品还得过两次国际金奖。此书签名页作者那一笔漂亮的行书，足以和书法大家的作品比美。

## 十、《周南诗词选》签赠本

2017年6月30日是星期五，尽管天气预报有中雨转暴雨，这天一大早，天心阁古玩城旧书长廊仍"摊无虚席"。也许是连日大雨影响了收货，摊位上新货不是很多。一路看过去仅看中一本"漏网之书"，5元购得。这是一本品相很好的《周南诗词选》，齐鲁书社1997年5月1版1印，窄型大32开平装本，繁体竖排，宣纸仿线装精印。签名页有作者钢笔签赠语："伯兮先生哂正 周南 九七年六月"。此书由赵朴初题写书名，并题写一首《临江仙》代序，饶宗颐序，钱锺书跋。收作者1947年至1997年所作旧体诗词65首，当为作者七十大寿、香港回归祖国双庆之贺礼。在庆祝香港回归祖国二十周年之际购得《周南诗词集》签赠本，实在是一件乐事。周南早年就读燕京大学，长期从事外交工作，曾任外交部副部长。从1982年参加中英关于香港问题的谈判开始，周南便一直参与了香港回归的各项准备工作。1990 年，周南担任新华社香港分社社长，直接参与了香港回归的工作。诗集中咏香港的诗词即有：《咏香草》、《香江观戏》（1990 年）、《忆江南·香港》（1992 年）、《香港回归日近》（1996 年）、《题"百花争艳庆回归"组画》（1997 年）。最喜《忆江南·香港》："香江好，山半是人家。云雾生时迷远阁，紫荆开处胜朝霞，夜夜斗烟花。"钱锺书先生跋文写道："识君者读此集，必曰：'其人信如其诗'；不识君者读此集，必曰：'其诗足见其人'。"绝非广告语。

不止一位收藏界人士撰文回忆，文博大家史树青先生偶尔路过极不起眼的古玩地摊，也能从赝品丛生的冷摊上弯腰拾起一两件很有价值的真东西。余生也晚。此等历练，此等境界，虽不能至，诚向往之。

# 中辑　结交天下知名士

## 未能免雅

　　"未能免雅"一词纯属生造，是我点化"未能免俗"一词而来，特指"假如你吃了个鸡蛋觉得不错，何必认识那下蛋的母鸡呢"（钱锺书先生调侃语）这样一种崇拜文化名人的追星行为。我就是这类极想"认识那下蛋的母鸡"的追星群体中的一员。

　　查阅 20 世纪 80 年代日记，记起我与冰心先生的一段书缘。

　　"1987 年 9 月 29 日　致信冰心先生，附寄邮票一版，拟请先生寄来一本《冰心文集》第一卷精装本，以配齐一套《冰心文集》。"

　　"1987 年 10 月 10 日　收冰心先生回信。"

　　冰心先生回信的信封为竖式牛皮纸小号信封，正中间为一个醒目的长条形红框。回信写在一张小 32 开套红"人民文学"（毛泽东手迹）便笺上，自右至左竖行钢笔书写。回信全文如下："成杰同志：信悉。我写的书，自己一本都没有。您还是到各出版社去问问。无所应命，甚歉。邮票奉还。匆祝　近安　冰心　一九八七.十.六。"

这"一版邮票"是多少枚，面值多少，现已记不清了。附寄邮票是考虑到小笔金额汇款取款均不方便，作为书款和邮资寄去的（这也是当时较为通行的做法）。冰心先生寄还一整版邮票，还倒贴了一张邮票。

上海文艺出版社出版的这套《冰心文集》精装本后来一直未能配齐（80年代出版的全集、文集都不是一次整体推出，配齐很难），冰心先生的这通宝贵信札我一直珍藏着，无意中成了寒斋的一件重量级藏品。

查阅20世纪90年代日记，记起我与启功先生的一段"诗话"。

"1991年5月17日　熊东遨送来由河南中州古籍出版社出版的《当代诗词点评》样书二本，内有由我点评陶铸、启功、李曙初的七首诗词，并告知启功先生看了我对他两首诗词的点评，打电话给本书主编林从龙，说'搔到了痒处'。"

为证实此言不虚，我翻开《当代诗词点评》（中州古籍出版社1991年1版1印）样书，找到了点评启功诗词的两段文字。文字不长，照录如下。

［启功原作］沁园春·自叙：检点平生，往日全非，

百事无聊。计幼时孤露，中年坎坷，如今渐老，幻想俱抛。半世生涯，教书卖画，不过闲吹乞食箫。谁似我，真有名无实，饭桶脓包。　　偶然弄些蹊跷，像博学多闻见解超。笑左翻右找，东拼西凑，繁繁琐琐，絮絮叨叨。这样文章，人人会作，惭愧篇篇稿费高。收拾起，一孤堆拉杂，敬待摧烧。

［杨成杰评］似这般撰写自述，实不多见。不多见者，不在于序文用通篇白话的旧体诗词形式出之，而在于词中那一番笑对功名的自我调侃。上片调侃平生经历，"教书卖画，不过闲吹乞食箫"，令人忍俊不禁。下片调侃自己文章，"东拼西凑"、"惭愧篇篇稿费高"，倒令人肃然起敬。这种潇洒的自我调侃，又不同于那种带酸气的故作谦虚。这是真君子的真性情，大手笔的大写意。

［启功原作］渔家傲·就医：痼疾多年除不掉，灵丹妙药全无效。自恨老来成病号，不是泡，谁拿性命开玩笑。　　牵引颈椎新上吊，又加硬颈脖间套。是否病魔还会闹？天知道，今天且唱渔家傲。

［杨成杰评］此词妙处，不仅妙在词人笑对病魔的那份旷达，而且妙在词中炉火纯青的那股"油腔"。词人曾说他们那族（满族）人"在后代曾被广义地称为胡人，那么胡人后裔所说，当然不愧为胡说"，且戏称自作为"打油腔"。"油腔"未必皆滑调，"胡说"或许见

正经。今人写作旧体诗词，不一定都要求正襟危坐，也不妨偶尔见机"幽他一默"。

四分之一世纪过去了，重读这两段点评文字，仍然忍不住蹦出一句启功式调侃：这厮当年怎么就这么有才呢？

旧体诗词界知悉这段"诗话"的朋友鼓动我，趁着启功先生的这番夸奖，赶快请他写幅字或送本书。我也就未能免雅，真的给启功先生写了封"求书信"（"书"兼二义）。这封信当然石沉大海。后从纪念文章中阅知，这个时期的启功先生早已在家门外贴上"熊猫病了"的谢客帖了。

类似的"未能免雅"壮举还可交代几例。

迷上收藏，自然就迷上收藏家。新世纪前十年，文物出版社推出一套印制精美的"中国文博名家画传"丛书，我是见一本买一本，共买了十多本。我将其中两本名家后人撰写的画传挂号寄给作者，请求作者签名钤印并加钤传主名章，很快就收到了两位名家后人寄回的签名本。

一本是郑尔康著《中国文博名家画传·郑振铎》（文物出版社 2007 年 1 版 1 印），郑尔康先生于 2009 年 4 月 22 日签名钤印，并寄赠上海市集邮总公司 2008 年发行的"纪念郑振铎先生诞辰 110 周年"纪念封（仅发行 1000 枚）一枚，纪念封上有郑尔康先生签名钤印。

一本是楼宇栋、郑重著《中国文博名家画传·张伯驹》（文物出版社 2008 年 1 版 1 印），楼宇栋先生（张伯驹之婿）与夫人张传綵先生于 2008 年 6 月双双签名钤印。同时寄去的张伯驹先生代表作两种，楼宇栋、张传綵伉俪也签了名钤了印。这两册珍贵的名家后人（亦为名家）签名本是：《春游琐谈》，中州古籍出版社 1984 年 1 版 1 印；《张伯驹词集》，文物出版社 2008 年 1 版 1 印。

2006 年 6 月，我从天津国拍今古斋委托拍得顾随先生《苦水诗存　留春词》（民国二十三年铅印本），2008 年 1 月又从今古斋委托拍得顾随先生《荒原词》（民国十九年铅印本）签赠本。自此，我更加关注顾随先生遗著的整理出版。2008 年 3 月，我从书店购得一册《驼庵诗话》（顾随讲述　叶嘉莹记录　顾之京整理　天津人民出版社 2007 年 1 版 1 印），同时购得一册《迦陵诗词稿》（叶嘉莹著　中华书局 2007 年 1 版 1 印）。我将这两册新书挂号寄给叶嘉莹先生，请求签名。半年后收到叶先生挂号寄回的两册签名本，叶先生的签名很老派，两书都在签名页竖行书写："杨成杰先生　叶嘉莹　二〇〇八年九月于南开大学。"

2009 年 7 月，我将叶嘉莹先生签名之后的这本《驼庵诗话》挂号寄给顾随先生六女顾之京教授，请顾教授签名并加盖顾随先生印章。半年后收到顾教授挂号寄回的《驼庵诗话》，同寄一本《顾随先生笺释毛主席诗词》

（赵林涛、顾之京整理校注　河北教育出版社 2009 年 1 版 1 印）。顾教授的签名也很老派，先是在《驼庵诗话》签名页叶嘉莹先生签名处并列签了名，又在《顾随先生笺释毛主席诗词》签名页竖行题写："杨成杰先生　顾之京　2009.12"。顾教授附来一信，全文如下："成杰先生：您好！复信、寄书迟了多日（近半年），歉歉。原因是等待出版社将'笺释'一书寄来。我父亲的印章文革初期全被查抄，很遗憾且无法补救。即颂　冬安！顾之京　2009.12.15. 附问一句，您在著作收藏之外，是否也有研读的兴趣与经历？如有，望将成果寄赐，以便拜读。又及。"

惭愧的是，顾随先生已面世的著作已基本收齐，对顾著的系统研读尚未全面展开。顾之京教授的期盼鞭策我将拟写中的一部研读民国旧体诗词的专著（内有顾随先生旧体诗词章节）早日成书，向顾教授交卷。

最后交代一下我与流沙河先生的一段书缘。

自从读到流沙河先生一篇文章《这家伙》开头一段文字，我就迷上了流沙河先生的瘦硬体文章（"瘦硬体文章"亦系我杜撰），见一篇读一篇，见一本买一本。窃以为流沙河先生的文章，绝似老杜《戏为六绝句》第二首对庾信的评价："庾信文章老更成，凌云健笔意纵横。"

《这家伙》开头一段真是过目不忘："这家伙瘦得像

一条老豇豆悬摇在秋风里。别可怜他，他精神好得很，一天到晚，信口雌黄，废话特多。他那鸟嘴1957年就惹过祸了，至今不肯噤闭。自我表现嘛，不到黄河心不死！"

后来读到流沙河先生的《不如去卖字》及各地书友赞扬流沙河先生自撰对联书法的文章，我又迷上了流沙河先生的瘦硬体书法。

2008年3月，我将《流沙河随笔》（四川文艺出版社1995年1版1印）、《流沙河诗话》（四川文艺出版社1995年1版1印）、《流沙河短文》（四川文艺出版社2001年1版1印）、《流沙河近作》（安徽教育出版社2006年1版1印）四本书挂号寄至成都市大慈寺路流沙河先生老寓所，请先生签名钤印，并请先生为我的书斋"百集交感斋"题额。随书夹寄尾号三位数与先生生日相同的百元人民币新钞一张（阅先生文章得知先生有收藏古今钱币的雅好），作为邮资和礼物。不久即收到流沙河先生寄来的横幅题额："百集交感斋　杨成杰先生嘱　流沙河　戊子三月"。题额横幅用潇洒的瘦硬体楷书在洒金黄宣上自右至左题写，力透纸背。

不久发生的汶川大地震波及成都，我担心流沙河先生的安全，给先生写了一封问候信。同年8月，收到先生挂号寄回的四本流沙河专著签名钤印本。

2013年6月，我淘到流沙河先生《庄子现代版》初版本（成都出版社1992年1版1印），又挂号寄给流沙河先生。依然投其所好，随书寄去铜质纪念币两枚，尾号三位数与先生生日相同的十元、五元人民币新钞各一张，作为邮资和礼物。不久即收到先生从成都长寿路新寓所挂号寄回的《庄子现代版》签名本。这册签名本比前四册签名本题词要多，先生在签名页题写道："杨成杰先生嘱签　问候安好　流沙河　二〇一三．六．十七．成都"。只是其书法力度大不如前了。

《流沙河近作》序文《自述》为一首三言诗，与前面提及的文章《这家伙》一脉相承，且与启功先生的三言诗《自撰墓志铭》有异曲同工之妙。两诗都不长，不妨照录，收束此篇。

流沙河《自述》：瘦如猴，直似葱。细颈项，响喉咙。眼虽瞀，耳尚聪。能游水，怕吹风。浅含笑，深鞠躬。性情怪，世故通。植过棉，做过工。未享福，总招凶。不务实，老谈空。改恶行，求善终。

启功《自撰墓志铭》：中学生，副教授。博不精，专不透。名虽扬，实不够。高不成，低不就。瘫趋左，派曾右。面微圆，皮欠厚。妻已亡，并无后。丧犹新，病照旧。六十六，非不寿。八宝山，渐相凑。计平生，谥曰陋。身与名，一齐臭。

# 乐水者寿

钱谷融先生《闲斋书简》收有"致杨成杰"信札一通。我非钱门弟子，得以结识钱翁，并有书信往还，还得从一次审稿会说起。

1997年7月，我在张家界武陵国际大酒店参加一套大型丛书审稿会，主办方特邀钱谷融先生担任主审。7月13日，主办方一行6人到张家界荷花机场迎接钱先生。钱先生弟子殷国明教授随行。79岁高龄的钱先生宛如一尊欢喜佛，40出头的殷教授酷似演员六小龄童，师生二人走出候机楼，仿佛唐僧师徒取经归来。从机场返回酒店的车上，我把这个"第一印象"说出来，满车皆笑，钱先生笑得尤其开心。

审稿会开了10天，我们和钱先生朝夕相处了10天。钱先生在审稿会上的高见，足以编成半部专著；钱先生在审稿之余的笑谈，足以写成一本散文。

酒店特意为审稿会安排了一个特大包厢就餐，并配备了一名女导游负责餐饮和游览事宜。每次就餐，男女老少九人围坐一张大圆桌谈笑风生，其乐融融。钱先生胃口很好，山珍河鲜家常菜，样样吃得津津有味，尤喜食鱼虾，每餐最后都要吃一碗八宝粥。圆桌上的话题比山珍河鲜家常菜更为丰富：学问、民俗、玩笑，无所不谈。老学者和小导游总是圆桌上打趣的重点对象，一老一小总是应对自如。有次钱先生说起他的本名不叫钱谷融，而叫钱国荣，与香港一位男歌星同名不同姓。导游小张马上兴奋地说，我最崇拜的男歌星就是与您老同名不同姓的张国荣。钱先生装出非常失落的样子说，早就知道张国荣要比钱国荣火，所以早就改名为钱谷融了。还有一次吃早餐，几位中青年男同胞调侃说昨天晚上没有睡好，老是接到按摩小姐的电话。钱先生马上一脸苦相地附和道，我也接到了按摩小姐的电话，昨天晚上我也没有睡好。钱先生的附和引得举座皆笑，钱先生却不明就里。

导游小张考虑到钱先生年事已高，审稿间隙安排的三次游览项目都是玩水。

7月16日乘游船游猛洞河。上午9时一行9人乘车到达王村。钱先生兴致勃勃地游览了电影《芙蓉镇》的外景地王村老街，品尝了一碗刘晓庆牌米豆腐，脱口而出一句广告词："味道好极了。"11时登上游船，沿风景绝佳的猛洞河来回开行五个小时。钱先生陶醉在大自然的美景中，毫无倦意。中餐在游船上吃的是从猛洞河现捞上来的野生鳜鱼，钱先生高兴得像个大孩子，一口气吃了三条小鳜鱼。

7月18日游览金鞭溪，更是一次老中青三代学人的悠闲散步。潺潺溪水伴随着石板小道，从张家界国家森林公园入口缓缓流向水绕四门，一群中青年学人簇拥着钱先生缓缓行进在十里画廊。钱先生一路好奇地评点金鞭溪两边形态各异的山峰，不时停下来在溪水中洗手濯足，偶尔在溪边光滑的大石头上歇息。十里画廊足足行进了三个小时，出水绕四门景点，在一家"农家乐"吃午饭。在众多湘西风味的农家菜中，钱先生对一道源自金鞭溪的爆炒小虾情有独钟。这道菜很辣，钱先生吃得满头大汗，痛快淋漓。

7月20日的茅岩河漂流，将张家界的玩水之旅推向了高潮。茅岩河漂流地段约有十几公里，中间有几处急流险滩。考虑到钱先生的安全，我们劝他不要上橡皮艇，坐车感受一下漂流的景点就可以了。钱先生满不在乎地说，别看老夫年近八十，这点危险不在话下。一行9人换上红色救生衣，坐上一只红色橡皮艇，时缓时急地顺流而下。我们安排钱先生坐在橡皮艇中间，一边四人充当护卫，手拿小桨，水深处划水，水浅处撑艇，意气风发地向下游进发。钱先生神定气闲地坐在小艇中间，一边欣赏沿岸的美景，一边为我们喊号子加油。几处急流险滩，虽然有惊无险，我们都冒出了一身冷汗，钱先生却"任凭风浪险，稳坐钓鱼船"。下游终点上岸后，导游小张似乎发现了新大陆，高声宣布：79岁高龄的钱先生创下了茅岩河漂流者年岁最高的纪录。众学人欢呼：马上向吉尼斯总部申报。

7月22日下午，我们在张家界荷花机场与"唐僧师徒"依依惜别。钱先生知道我性喜藏书，尤喜收藏名家名著精装本，临别时表示回沪后一定给我寄书。

回沪不久，钱先生即给我寄来了《艺术·人·真诚——钱谷融论文自选集》精装本。又寄来一信，信中说："拙著精装本出版社早已无书，我亦只有一本。幸老伴私留了一本，现商得她的同意，便以奉赠。"以后，又收到钱先生寄赠的散文集《散淡人生》，书信集《闲斋书简》。

《艺术·人·真诚》1995年4月由华东师范大学出版社出版，钱门大弟子王晓明作序。序中提到，作者曾间接听到一个疑问："钱谷融先生的名气这么大，为什么文章却不多？"收入这本论文自选集的文字，时间跨度三十多年，共收论文六十篇，字数不过五十万，似乎也印证了类似的疑问。然而就是他那些为数不多的文章，却获得了很大的声誉。《论"文学是人学"》问世即引起巨大轰动（由此成名也由此罹祸），学术小品《管窥蠡测》至今仍回味无穷。身处学术乱世，信守沉默是金，坚持学术操守，甘愿惜墨如金，字字出自肺腑，篇篇皆为精品。学术老农钱谷融精心打磨的学术精品是高寒山区孕育出的优质庄稼。

《散淡人生》2001年3月由上海教育出版社出版，收入作者1939年至1998年长达60年中的各类散文随笔小品文章。钱门小弟子倪文尖作跋。跋中透露钱先生喜读《庄子》《世说新语》一路的中国典籍，钱先生的散文随笔自然也就带有《庄子》《世说新语》一路的风格。从他在重庆做中央大学国文系学生时候写的课堂习作，到他八十多岁高龄的随意之作，无论是《谈王元化》一类洋洋洒洒的长文，还是《我的自白》一类随意道来的短章，处处体现一个"真"字，一个"深"字，一个"新"字。散淡为人，散淡为文，构成了清新淡远的《散淡人生》。

《闲斋书简》2004年2月由华东师范大学出版社出版，收入钱先生1979年至2003年致钱门弟子和学界友人的书信600余通。收信人既有钱先生同辈学者如王元化、程千帆，也有后辈学者如鲁枢元、张景超，更多的还是钱门弟子如王晓明、殷国明、杨扬、万燕等。收信最多的是鲁枢元，从1979年到2002年，共收到钱先生书信93通。大到学术大业，小到家庭琐事，钱先生无所不谈，字里行间充满了钱先生对后辈学者无微不至的关怀。文如其人，书简更如其人。钱先生晚年以优质高产培养研究生著称，从收入《闲斋书简》致10多位钱门弟子的书信中，也可以解读出钱先生的研究生培养

"秘诀"。

《艺术·人·真诚》浓缩了钱先生的学术精华，《散淡人生》袒露了钱先生的心路历程，《闲斋书简》展示了钱先生的文脉传承。著此三书，闲斋足矣；藏此三书，寒斋亦足矣。

观其人知钱先生乐水之性格，读其书知钱先生乐水之渊源。"谷融"二字即为"山谷间的流水"。散文集中多见乐水的记载，并有"吾其为水矣"的慨叹。

知者乐水，乐水者寿。今年 9 月 28 日是钱谷融先生百岁华诞，谨以此篇小文敬祝钱先生健康长寿。

# 两登光岳藏书楼

2015 年 2 月 1 日是周日，我例行到长沙窑岭的三家旧书店去淘书。小黎旧书屋的店主告诉我：何光岳老人 1 月 29 日过世了，享年 80 岁。我沉默良久，停止挑书，发表谈话：在现今文化老人动辄九五一百的今天，光岳老师走得太早了。他的一生，是爱书的一生；他的逝世，是藏书界的重大损失。你们（书商）失去了一位一掷千金的买书大户，我们（书友）失去了一位爱书如命的藏书大腕。店主点头曰：诚哉斯言。

在我涉足长沙旧书市场淘书的近十几年中，从清水塘到天心阁，光岳老师都是古玩地摊市场最受欢迎的人物。每周星期五至星期日的三个开放日，无论晴天丽日，还是刮风下雨，光岳老师每天必到，每到必买。他能给卖书的人带来惊喜，也能给买书的人带来欢乐。每天开市，猎艳掐尖的各路买书者在各个书摊扫荡多遍了，光岳老师才拎着两个大编织袋前来打扫战场。人家挑剩的书，他略加筛选也不太还价，便悉数与各个买主成交，塞入编织袋内。两个编织袋塞满了，他才找一个暖和的或者凉快的地方坐下来，与熟识的和不熟识的书友聊天。光岳老师说话有点"老愤青"的派头，不是指点江山，就是激扬文字，不时蹦出何氏高论，引得书友哈哈大笑。聊够了，笑够了，一帮书友抬着两个编织袋把他送上出租车，一天的淘书活动便渐近尾声。有资深书摊主告诉我，早年何老师来书市地摊买书，是用扁担挑着两只大箩筐来的。书多的时候，每天要挑着箩筐往返好几趟呢。

按说同行是冤家，可光岳老师和同行书友不是。我与光岳老师在收藏20世纪旧体诗词方面的书是同好，但二者风格不同。我买书贵精，买一本是一本；他买书贵多，见一本买一本。我来得早，往往先挑；他来得晚，也大有斩获。只是当有些摊主捂着满袋的诗词书刊，声言是给何老师留着的，那就只有干瞪眼了。等到摊主与光岳老师成交后，我开玩笑说您老不要垄断旧书市场哟，他也乐呵呵地一本一本亮给我看。有朋友出了旧体诗词集子，我总要代光岳老师征求一册签赠本转送他。作为回报，他曾送我一册毛大风辑录、钱塘诗社印行的《百年诗坛纪事》（1896—1996）责编签赠钤印本，非常珍贵。

闻名海内外的光岳藏书楼从省长批地到施工装修，楼主总是在第一时间向我们发布独家新闻，通报进展情况。书楼落成后，楼主多次热情邀请我去书楼喝茶，我也只是陪同外地书友去过两次。

初登光岳藏书楼是2012年10月13日，时在周六。我邀请徐雁教授来湘讲学之后，作为东道主陪同金陵雁斋主人拜访光岳藏书楼。书楼建在湖南省社会科学院图书馆旁的一个高坡之上，远看像一座古城堡，近看像一座土碉楼。楼高五层，建筑面积一千平方米。一楼为正厅、会客厅及古玩展厅，摆满明清家具，陈列青花瓷器。二楼为书斋与卧室。书斋也是一色的明清家具，四面墙上的多宝格中，置放古今名砚四百多方，古今笔筒一百多个。五间卧室中的一间，也摆满古董红木家具。三楼至五楼就是专题藏书室了，依次为辞典藏书室、旧体诗文集藏书室和家谱藏书室。辞典藏书室藏有8000多部辞典，旧体诗文集藏书室藏有数以万计的今人诗文集，家谱藏书室藏有54000册明清、民国至今的稀世家谱。光岳藏书楼最有价值的藏书当然是家谱了，数量仅次于北京图书馆和上海图书馆的馆藏家谱系列，居全国第三，私家藏谱则为全国之首。今人诗文集也不可小视，平时用箩筐、麻袋、编织袋燕子衔泥般收集来的人们不屑一顾的今人诗文集，聚集在一间两百多平方米书室的上百个大书架之上，阵容强大，气势非凡，令人震撼。

在这强大阵容的今人诗文集书丛中，金陵雁斋主人看到了自己多年来签赠给光岳老人的十几本专著，整齐地排列在显眼的位置，每本专著都留下了楼主阅读的痕迹。光岳老师草根出身，学历很低，是全国自学成才标兵。但他非常敬重确有真才实学的高学历高职称的学院派教授，如同敬惜字纸般虔诚。徐雁教授就是其中之一。这次拜访是两位神交已久的全国知名藏书家首次聚首，两人谈兴甚浓，言笑甚欢。当晚，徐雁教授在寒斋所藏《雁斋书事录》毛边签赠本上再作题跋一页，题为《湘行简记》。这里"独家披露"其中写到光岳老师的一段："赴德雅路拜访知名学者、藏书家何光岳先生藏书楼，但见主人仙风道骨，侃侃而谈。乃知家事国事天下事皆所关心矣。闻其自述生平著书近三千万字，藏书十四万册，若此则为当代民间藏书家第一人也。""仙风道骨，侃侃而谈"，点睛之笔，堪入《世说》。

再登光岳藏书楼是在一年之后。2013年12月中旬的一天，细雨霏霏，寒风阵阵。我邀请福州篆刻家、藏书家林公武先生来湘讲学之后，循例陪同拜访光岳藏书楼。因为这天还要安排拜访钟叔河先生的念楼和彭国梁先生的近楼，日程很紧，首站拜访光岳藏书楼仅逗留了一个半钟头。先是循例从一楼参观至五楼，然后在二楼书斋落座聊天。这天天气奇冷，藏书楼没有系统的取暖设备，书斋里好像连空调也没有（也许是有空调而没开），宾主坐在硬邦邦、冷冰冰的古旧红木家具上，真是如坐针毡。这天光岳老师身穿老式皮袍，头戴老式皮帽，俨然民国初年土豪藏书家叶德辉再世。谈论的话题先是家谱收藏，印象最深的是"习、席"家族原本是一个家族，无怪乎两姓家谱摆放于一个书架，上夹"习、席"两个毛笔大字。二是我问了一个久陈心中的话题，您老为什么收藏这么多今人诗文集。他说别小看这些诗文集，每本书都是一个鲜活的生命，都是著者一生心血、情感和智慧的结晶。这些书就像无名的小花小草。我把这些散落在地摊的没娘孩子一个个捡回藏书楼，是想写一部几百万字的今人诗话集，填补 20 世纪旧体诗词研究的空白。我听了肃然起敬，更感到吾道不孤。

如今光岳藏书楼人去楼未空。价值凸显、如日中天的数万册稀世家谱自然不愁没有好的归宿，而那些数以万计的今人诗文集今后的去路却令人担忧。但愿政府机构能够将光岳藏书楼整体收购，完好保留于后世，使这些小花小草般的今人诗文集也能等来价值凸显的那一天。

# 三上念楼取真经

长沙有个钟叔河，比之成都有个流沙河、南阳有个二月河，似乎名头更大、名声更响。钟叔河先生在长沙的寓所"念楼"，如同当年"太太的客厅"，更是当今读书界各路人马心目中的圣殿。

近水楼台未必总能先得月，我与钟叔河先生同住一个城市近四十年，总共也才三次登上念楼。

一上念楼是 2000 年春，具体日期记不清了，具体细节仍很清晰。

这年春天，我与一位女同事多次前往湖南省社科联申报一个社科基金课题，结识了课题申报经办人朱小平。朱小平是钟叔河先生夫人朱纯老师的侄女，经常上姑妈家请安。一天上午办好课题申报手续后，朱小平说有事要去姑妈家，二位上午如无其他安排可以一起去坐坐。我们当然求之不得。说去就去，几分钟便到了湖南省新闻出版局宿舍区。

出版局宿舍区北面朝向展览馆路，西面紧挨清水塘路，东北方向一二百米就是烈士公园，是一处闹中取静的好院落。念楼所在的这栋大楼约有三十层，念楼就在第二十层。楼名别无深意，实指具体楼层（"念楼"即"廿楼"，也就是二十楼）。寓所门外镶一竹额，上刻集自知堂手迹的两个大字"念楼"。进门是一间很大的客厅，客厅呈长方形。进门处的北部区间摆放一张台球桌。我琢磨这张台球桌至少有三个用途：打台球健身、蒙上桌布宴客、铺上台布写大幅书法。究竟用途如何，当时没有问及，念楼随笔也未见提及。靠近南窗的南部区间摆放一组大型布艺沙发，周边配置相应的玻璃茶几、电视机柜、装饰柜等时尚家具。

在布艺沙发上落座后，钟先生三句不离本行，先试探性地问我们平时都看些什么书。我回说爱读文史类丛书和套书，近几年就读过"周作人作品集""骆驼丛书"。钟先生仿佛他乡遇故知，接着饶有兴致地问起我的买书情况。我回说已经买到八本"周作人作品集"精装本，很想配齐另外几本；以后还想收齐全套"骆驼丛书"。我没提及钟先生名满天下的早期编辑代表作"走向世界丛书"，他也毫不介意。

朱小平见姑父与我聊得投机，拉着女同事进里间书房和姑妈聊天去了。客厅里只剩下钟先生和他的一名粉丝。钟先生向我介绍，"周作人作品集"是他在岳麓书社任职期间为了"圆梦"而"破冰"出版的，原计划出版35种，但因为种种原因，仅仅出版了19种就戛然而止了。（钟先生好像还模仿乐队指挥苦笑着做了一个"戛然而止"的手势。）你这八本精装本，就是这19种周著的合订本。我恍然大悟。钟先生接着向我介绍，"骆驼丛书"是老友朱正担任湖南人民出版社总编辑期间一手经营的，总共出了27种。朱正比我幸运，27种"骆驼丛书"似乎已成全套。随即补充一句："骆驼丛书"不管出多少种都可称为全套。我的19种"周作人作品集"就成了"桩尾巴工程"。（杨按："桩尾巴"即湖南话"秃尾巴"。）随即他又苦笑着补充一句："周作人作品集"一本没出齐也是个"桩尾巴工程"。

我告诉钟先生，"骆驼丛书"中您的那册《千秋鉴借吾妻镜》我珍藏了十几年。今天跟着朱小平"说来就来"，也没能把这本书带上请您签个名。钟先生朗声一笑：那好办，我找一张同样大小的白纸给你签个名题个款，你回去贴上就成了。说着就从茶几上一堆书刊中翻出一本与"骆驼丛书"开本一致的小书，用小刀裁下这本书的签名页，竖行写了两行字："杨成杰先生指正　钟叔河　二千年春　长沙"。写完又抱歉地一笑说，这本书印数很少，我都没有存书了，要不然我用存书为你签赠一本。

接过钟先生写好的签名页，厨房里传来准备开饭的吩咐，我和女同事便向钟叔河先生、朱纯老师告辞了。

回到家，我将钟先生题写的签名页细心地在《千秋鉴借吾妻镜》一书签名页与扉页的中间贴好，不大不小正合适。

二上念楼是 2013 年 12 月中旬的一天，我陪同福州篆刻家、藏书家林公武先生拜访钟叔河先生。担任两名访客向导的是近楼主人彭国梁先生。彭国梁熟门熟路，领着我们三弯两拐就到了念楼。寓所门前竹额依旧，只是多了一层岁月的包浆。变化较大的是客厅布局，一如朱纯老师《老头挪书房》一文所述，改成了一间大大的书房。念楼主人就在紧靠书房南窗的大书桌前，以东墙满壁藏书为背景，坐东朝西，编撰他的各类书稿，接待他的各路粉丝。

记得这天非常寒冷，一番嘘寒问暖之后，林先生捧出一本精致的小书《曾国藩教子书》请此书编者钟先生题跋。小书中密密麻麻写满朱墨批注，令钟先生非常感动，当即在小书扉页题写了满满一页的文字，然后非常认真地签名钤印。

中心话题便围绕此书作者展开。林先生问钟先生，曾国藩是湘乡派古文的创立者，明明是湘乡人，而现在网上介绍曾国藩，又说他是双峰人。过段时间我要去曾国藩故居参加一个曾国藩藏书学术研讨会，会议通知上也写着到湖南双峰县曾国藩故居报到。这是怎么回事？

钟先生哈哈一笑说，这就扯到现今行政区划调整的随意性上去了。曾国藩故居历来都属湘乡县管辖，随着行政区划的调整，现在隶属双峰县管辖了。曾国藩地下有知，也会哭笑不得的。

接下来，钟先生引经据典，随口列举了十多位文化名人故居行政区划的变迁情况。最后提到程千帆：程千帆故居在湖南宁乡县，后来划归望城县管辖，由刘少奇的同乡变成了雷锋的同乡。望城县是解放以后才由长沙市郊望城坡这个小地名"升"作县名的。望城县现在又变成了长沙市望城区。我敢说，程千帆打死也不会承认他是望城区人的。

不愧是文化名人、文化老人。围绕行政区划调整的随意性，钟先生足足发表了个把小时的谈话。如果一字不漏地把这番谈话整理成文，就是一篇完整的念楼随笔《行政区划的变迁与文化名人的尴尬》。聆听钟先生即兴发挥的这番高论，我终于悟出了念楼随笔风靡读书界的个中真谛：渊博学识加清晰思路，是出口成章、落笔成文的坚实根基。

由于是有约拜访，我也就有备而来。这次我带来了两册钟著精装本，一册是《与之言集》(世界图书出版公司 2012 年 1 版 1 印 )，一册是《小西门集》(岳麓书社 2011 年 1 版 1 印 )。在《与之言集》签名页，钟先生写的是："杨成杰先生哂正　钟叔河　癸巳冬于长沙"。钤"钟叔河""青灯有味"两枚朱文印。在《小西门集》签名页，钟先生写的是："杨成杰先生教正　钟叔河　癸巳冬于念楼"。钤"念楼""钟叔河印""青灯有味"三枚朱文印。

谈及近况，钟先生告诉我们，过几天他将乘高铁去深圳，到外孙女家里去过春节。这就是姚峥华女士"书人系列"中多次写到的钟叔河先生深圳之行。

林公武先生爱好摄影，高端相机不离身。林先生以满墙藏书为背景为钟先生和我照了一张合影，彭国梁又为钟先生、林先生和我照了一张合影。

三上念楼是 2014 年 4 月初。我打电话给钟先生，说春节前在念楼照的两张合影非常精彩，您老哪天有空我送过来。钟先生高兴地说，明天上午就送过来吧。

这天上午钟先生一人在家。欣赏过照片，便拉起家常。话题自然从春节深圳之行开始。胡洪侠夫妇的盛情款待，外孙女小两口的悉心照料，一五一十悉数道来，亲情友情溢于言表。最后归总一句：深圳的冬天好暖和啊。我问钟先生，深圳的这个外孙女是您老哪个闺女的宝贝闺女呀？钟先生告诉我，深圳这个外孙女的娘就是当年流落内蒙古的那个女儿。多亏李锐亲自打电话给周惠，落实政策，她才回到我和朱纯身边。现在她们两代人都生活得非常好。我想起刚读过的一篇文章，便向钟先生转述：有篇文章讲，95 岁高龄的李锐先生还经常到游泳池去游泳呢。钟先生感叹道：仁者寿啊！

这次去念楼，我带去海豚出版社 2011 年 1 版 1 印的精致小精装本《记得青山那一边》，外加广西师范大学出版社2009年1版1印的厚重特精装本《周作人散文全集》随书附赠的一枚特制书签，请钟先生题跋。书签长22.5厘米，宽7.5厘米，正面印有"周作人散文全集　钟叔河编订　广西师范大学出版社"。在特制书签上题跋，钟先生似乎还是第一次。他很赞赏我的这个"创意"，高兴地在这枚书签背面题写："杨成杰先生正编　甲午仲春　念楼钟叔河"。并钤上"念楼""钟叔河"两枚朱文印。

在《记得青山那一边》扉页上，钟先生经过一番认真思索，题写了《记得青山那一边》这篇文章中自己写的一首七言绝句的"最新修订版"。原诗为："记得青山那一边，年华十七正翩翩；多情书本花间读，茵梦馀哀已卅年。"钟先生题跋为："记得青山那一边，初飞蛱蝶点清涟；可怜茵梦湖中水，不照人间三十年。旧作屡有改易，总是难得写好。杨成杰先生嘱令写出，即以最近改作应之，只供一笑耳。甲午春日　念楼钟叔河"。钤"钟叔河""青灯有味"两枚朱文印。

一上念楼，探知湘版品牌丛书、套书出版真相；二上念楼，感知先生出口成章、落笔成文的真谛；三上念楼，感受先生对家人、友人的真情。缘此三真，此篇即可名之曰《三上念楼取真经》。

# 也曾到过来燕榭

    黄裳先生是首屈一指的藏书大家和屈指可数的散文大家，是中国读书界一位传奇式人物。黄裳先生兼藏书家、作家、学者、记者于一身，他的散文品类繁多，各体皆备，我最爱读他的书话散文（含书话、题跋、读书记等）。20 世纪 80 年代读过《榆下说书》《珠还记幸》，90 年代读过《清代版刻一隅》《黄裳书话》，新世纪后读过《来燕榭书跋》《来燕榭读书记》，算得上一个"准黄迷"。

    动念拜访这位传奇式人物是在 2003 年 12 月上旬，为编纂一本钱谷融研究专题资料事，我曾在华东师大二村钱谷融先生寓所，与闲斋主人闲谈了两个上午。闲谈间隙，我尽兴观赏了钱先生的满屋藏书。见有不少黄裳、王元化先生的签赠本，羡慕得不得了。黄裳与王元化都是当今上海硕果仅存的前辈学者，钱先生藏有两位先生这么多签赠本，可见交情非同一般。见我看得出神，钱先生笑着对我说，喜欢就各挑一本带走。我赶紧插回藏书，诚惶诚恐地说，我藏有您本人的签赠本就心满意足了，您自己的宝贵藏书万不敢掠美。钱先生依然笑着说，你如有意拜访黄裳先生和王元化先生，老夫愿作引见。说罢翻开记事簿，嘱我记下了黄裳、王元化两位先生的寓所地址和电话。2013 年在《文汇报》笔会副刊上读到钱门弟子杨扬教授的一篇文章《聚书的忧喜》，谈及钱先生藏书的去向。"去年暑假刚过，业师钱谷融先生打来电话，嘱我过去选书。原来师母过世，老房子要重新装修，堆积在家的书须处理。""老师一生心血都在教书、读书和写书上，书是新朋老友，至亲至爱，钱先生家满房间的书像他散养的动物，进进出出，随处都是。但现在人处老境，精力顾不过来，招呼周围喜欢书的人拿走一些，想来也是好事。"文中列举朋友赠送签名本者有十五位之多，黄裳、王元化排名靠前。最后谈及藏书去向，"都卖掉了，卖给收废品的，称斤卖，卖了一万多元。"读罢此文，怅然良久。深悔十年前辜负了钱先生的一番美意。此乃后话。

话说 2007 年 1 月中旬，我去镇江碧榆园参加一个会议，取道上海去镇江。这年的"出行记"中有这样的记载："1 月 12 日　阴。17:30 乘 135 次列车离开长沙，前往上海。13 日　星期六　阴。上午十一时抵达上海南站，换乘地铁至上海站北广场，住美兴大酒店。下午到福州路逛书店。14 日　星期日　阴。上午逛文庙旧书市、福州路旧书店。下午三时到陕西南路 153 路（陕南邮）

黄裳寓所来燕榭拜访九十高龄的大藏书家黄裳先生，与黄裳先生谈半小时，请黄裳先生在一套《黄裳文集》上签名。下午五点半乘 T722 次列车离开上海，晚上八点抵达镇江。入住南山风景区碧榆园 8 号楼。"

且说 1 月 14 日上午，我在福州路旧书店以五折优惠价购得一套久觅不遇的《黄裳文集》六卷本（上海书店出版社 1998 年 1 版 1 印），书品全新，大喜过望。当即拨通来燕榭电话。黄裳先生的女儿接了电话，请示父亲后说欢迎你下午三点过来。

下午两点半，打车前往陕南邨，兴奋中难免有点紧张。来燕榭主人的"沉默寡言"在书友圈中是有目共睹、有口皆碑的。为避免失礼和"枯坐"，我一路寻思两个问题，一是买点什么，二是谈点什么。

出租车在陕西南路 153 号停下，不远处有家水果店。我选购了一箱烟台苹果，朝圣般走进陕南邨。

陕南邨地处陕西南路与淮海中路交界处，闹中取静，绿树成荫。绿荫中隐藏着十多幢建于 20 世纪二三十年代的法式红砖小楼。来燕榭就在这些红砖小楼最北端一幢的三楼。顺着老旧厚重的大理石台阶旋转而上，按照约定的时间来到三楼，按响门铃。

大门开处，是一间南向的老式客厅。客厅面积很大，层高也很高。也许是窗外树荫浓密，客厅光线非常昏暗。厅内陈设很简单。居中一套很大的老式品字形真皮沙发，沙发前摆放一张老式茶几。通往里屋的西墙入口处是一个老式书橱，外加一幅清人书法立轴。黄裳先生的女儿接过苹果放在进门处，小声关照两点：地板刚刚打过蜡，不用换鞋；家父左耳听不清，贴近右耳讲话。

我刚在沙发东侧坐下，黄裳先生从里间出来，慢慢地在沙发西侧坐好。也许是午休睡眠质量高，九十高龄的来燕榭主人精神很好，面色和悦，镜片后的小眼睛也不像书友们描述的那样"咄咄逼人"。我急忙起身，趋前问候，坐到先生右侧，贴近他右边耳朵讲话。

自报家门后，我问先生：您到过湖南吗？先生回答两个字：没有。

接下来我问先生：湖南的老朋友多吗？回答还是两个字：不多。过了一会又补充两句：与钟叔河联系比较多，但是没有见过面。与朱正有些联系，他给我出过三本书。（杨按：这三本书是"骆驼丛书"中的《晚春的行旅》《负暄录》《惊弦集》。）

回答完两个问题，先生就恢复了沉默。还真应验了书友们的描述：你若不跟他讲话，他就一直坐着了。

为打破沉默，我告诉先生：近几年我收藏了一百多本民国旧体诗词线装本，有刻印的，有铅印的，还有油印的，印制得都很精致。

听到感兴趣的话题，先生果真来了兴致，眼也亮了起来，话也多了起来：现在还能收到这么多民国线装本子，也是很不简单的了。这种民国诗词集大都是自印送人的，印数非常少，各大图书馆不一定都有。你能弄出这么个藏书系列还是很有意思的。藏书也要人无我有，人有我优。

看到先生来了兴致，我就这个话题进一步向先生讨教：民国旧体诗词线装本有没有资格称善本？

先生越发觉得对味，一反常态地说开了：各个朝代各个时期都有善本。民国时期也不例外。缪荃孙认定明末以前的书才够资格称善本，我就写了《清代版刻一隅》为清刻本鸣冤叫屈。我大肆宣扬"清刻之美"，也不敢认定清末以前的书才够资格称善本。民国旧体诗词线装珍本应该也是集部新善本。上海图书馆把民国年间（甚至是新中国成立后）所刊线装书都归类为古籍，庋藏古籍部，就很能说明这个问题。

为不影响老人休息，我打住话题，从提包内取出《黄裳文集》第一卷，翻到签名页，请先生签名。先生从茶几上拿起一支签字笔，例行公事般地在签名页上题写："为成杰先生题　黄裳　〇七·一·十四"。我将签名本放进提包，起身道谢后，便向黄裳先生父女告辞了。

眨眼就是十年。每次翻阅《黄裳文集》，都会想起这次拜访。总想写篇文章纪念先生，又觉自己"粉丝级别"不够。现将此次拜访经过敷衍成文，为"也曾到过来燕榭"存真。

# 保定识得子平兄

2013年5月去保定参加孙犁百年诞辰纪念活动，得以结识曾任河北教育出版社社长多年的邓子平兄。

子平兄主政期间，河北教育出版社出版了不少大部头的好书，寒斋所藏即有《顾随全集》、《周作人自编文集》、"书林清话文库"等好几套大部头著作。其中一套《顾随全集》还是通过《藏书报》社刘淑敏女士将子平兄办公室仅存的一套样书转让过来的。

5月8日在位于保定市区河北大学新校区的卓正国际酒店报到后，即去餐厅吃自助午餐。刚在徐雁教授右侧落座，徐教授指着左侧一位中国古代文人画像中郑板桥模样的小老头向我介绍，这位是邓子平社长。我立马起身致敬，从心底迸出"久仰"二字。午餐后，三五书友簇拥着子平兄前往河北大学老校区参观。我向他提起《顾随全集》的一书之缘，他向我道及他与顾随先生的学缘关系，顾随先生六女顾之京教授就是他在河北大学中文系读书时的老师。我说我与顾之京教授也有一份书缘。早几年我曾将请叶嘉莹教授签名之后的《驼庵诗话》寄给顾之京教授，顾教授在叶教授签名旁签了名，还寄赠了一本由她签名的《顾随笺释毛主席诗词》。《驼庵诗话》署名为顾随讲、叶嘉莹笔记、顾之京整理，《顾随笺释毛主席诗词》也是由顾之京整理校注。

5月9日参观古莲花池、直隶总督署、育德中学，我一直跟随子平兄左右，边参观边听他如数家珍般讲述保定掌故，并穿插讲述他在河北大学的读书经历。在纪念品部，见他购买碑帖拓片及碑帖书籍出手大方，方知子平兄对碑帖之学有着很深的造诣。

5月10日会议移师孙犁故里安平县，入住安平县政府招待所。会务组安排我和子平兄住在一个房间，朝夕相处，无所不谈，两天两晚，获益良多。

子平兄出生在河北大名县一个邓姓村庄，家族中知名度最高的人物要数邓丽君了，她的父亲就是从这个村庄走出来的。算起辈分来，邓丽君应是邓子平的远房姑姑。邓丽君多次表示要回乡祭祖，但由于英年早逝没能实现这一心愿。

子平兄大学毕业后在大名县委机关作过几年秘书，是大名县大名鼎鼎的笔杆子。在家乡生活和工作期间，曾到天津附近的独流减河参加过治河劳动。因为我在青少年时代也曾参加过劳民伤财的战天斗地工程劳动，也曾在家乡县里耍弄过笔杆，便随口吟诵出郭小川《团泊洼的秋天》中的名句"蛙声停息了，野性的独流减河也不再喧哗"，共同怀念那段诗情燃烧的岁月。

从大名县调到省会工作后，子平兄曾在河北人民出版社教育编辑室工作过多年。像全国许多教育出版社脱胎于人民出版社一样，河北教育出版社也是从河北人民出版社独立出来的。子平兄的大好年华便用在河北教育出版社大显身手了，以编辑出版系列学者全集而独秀于全国众多教育出版社之林。众望所归，实至名归，子平兄也在退休之前获得了中国政府最高出版奖韬奋奖。

退休后，子平兄把主要精力用在整理出版河北地方文献上，其出版计划足可比美"湖湘文库""岭南文库"。开会期间他也没闲着，随时留意收集地方文献资料。

事业成功者，家庭也美满。子平兄的老伴退休前在出版社做发行工作。在社里，夫唱妇随；在家里，妇唱夫随。教育社长教子有方，三个子女都学业有成，两个定居北京，一个定居海外。老两口经常去北京走走，也时常到海外看看，尽享天伦之乐。

5月11日是周六，我与子平兄结伴去衡水淘书。子平兄组织纪律观念特强，前一天晚上到会务组为我们两人请了假，又联系好了一辆出租车。11日天没亮我们就乘上出租车在华北平原上飞驰，抵达衡水老白干的发源地正好天亮。上午逛衡水旧书地摊市场，子平兄淘到了不少地方文献资料，高兴得像个孩子。下午逛衡水古玩城有书的店铺，子平兄见到了几种非常稀有的河北地方戏剧文献资料，虽然价太高没买，也算大饱眼福。他说专程来衡水淘书，这还是第一次。

5月12日返程，我要经停石家庄乘高铁，又和子平兄结伴乘车从安平到石家庄。路途约两个小时，聊得最多的是藏书。子平兄既是出版家，又是藏书家，藏书既富又精，既杂又专，以河北地方文献与碑帖居多。在职时，宽敞气派的社长办公室四壁皆书。退休后，家中的每一个房间也满室皆书。老伴曾多次下达"限书令"，但都像她多次下达过的"戒烟令"一样成为一纸空文。子平兄依然我行我素，抽烟买书两手抓，烟瘾书瘾两不误。在石家庄挥别时，我说有机会一定去府上欣赏他的满室藏书。

一别就是四年了。何时一杯茶，重与细论书？

# 神交京城大名士

　　神交北京出版社资深编审、北京市文史研究馆馆员杨良志先生少说也有二十年了，至今缘悭一面。

　　印象中良志先生第一部编辑代表作是北京出版社1996年、1997年推出的"现代书话丛书"。这套丛书分两辑推出，每辑八种，共计十六种，其中的许多种就是由良志先生担任责任编辑。我当即购藏了这套装帧典雅、书香浓郁的丛书，精心研读，获益良多。

　　印象中良志先生另一部编辑代表作是北京出版社2013年12月推出的六卷十二册《毛泽东手迹》。此系毛泽东手迹真书第一次"原汁原墨"地彩色亮相。良志先生担任《毛泽东手迹·自作诗词卷》责任编辑。2013年11月22日出刊的《文汇读书周报》第1491号推出独家特稿《研究毛泽东诗词务必看手迹》(杨良志口述、高立志整理)，赫赫一大版(两版合一版)，洋洋上万言，有史有论，有理有据，真知灼见，甚获我心。此版配发良志先生照片一张，一派儒雅的名士风范。整套《毛泽东手迹》定价大几千，我不打算购藏，自作诗词卷上下两册倒极想购藏一套。向良志先生打听了一下，整套手迹不分卷卖，只得作罢。

尽兴藏读良志先生第一部编辑代表作的时候，我已"认识"他，他不认识我；极想购藏良志先生另一部编辑代表作的时候，我已了解他，他也了解我。牵线搭桥的是《藏书报》的"报上书店"这个旧书交流平台。我和良志先生都是这个栏目的资深客户。通过这个交流平台，我给良志先生提供了好几种品相极佳的旧书。良志先生是京城数得着的藏书家，藏书品位很高。记忆中给良志先生提供的旧书有：《北京风俗杂咏》（北京古籍出版社1983年初版）、《迁叟自书诗稿》（天津古籍出版社1988年1版1印）、《永远的情人》（46篇藏书札记）（韩秀著，台湾商务印书馆2012年初版初印）、《毛泽东手迹》五种（文物出版社1965年1版1印）、"骆驼丛书"二十六种。其中最值得一提的是"骆驼丛书"二十六种。

据查20世纪80年代出版的《湖南新书目》，"骆驼丛书"共出版二十七种。我追寻"骆驼"二十六年，陆续寻到二十六种。个中甘苦，可以写成一篇新的《找骆驼》。（《找骆驼》是20世纪60年代小学语文课本名篇。）在这二十六种"骆驼丛书"中，黎澍的《早岁》盖有出版社"样书"红印，《论历史的创造及其他》为作者钤印持赠本，钟叔河的《千秋鉴借吾妻镜》为作者签赠本。（此书签赠本我藏有两册，一册是作者题赠给我的，一册是作者题赠给黄松的。）久觅不获的第二十七种是郑超麟的旧体诗词集《玉尹残集》，此书仅印 700 册，是藏书界公认的一书难求的"大缺本"。

如果把"骆驼丛书"此作一项皇冠，《玉尹残集》就是这顶皇冠上的一颗明珠。明珠未获，皇冠欠色。久而久之，我对集齐全套"骆驼丛书"失去了信心。2015 年上半年，我跑了好几家图书馆才借到一册《玉尹残集》，插入我已有的二十六种"骆驼丛书"中，观赏良久。又将这二十七种"骆驼丛书"按照出版时间在案头一字儿排开，认真通读了一个月。根据通读原书获得的第一手材料，写成一篇研读文章《"骆驼丛书"出书知多少》，在 2015 年 6 月 22 日出刊的《藏书报》2015 年第 24 期刊出。完成了研读"骆驼丛书"的文章，归还了图书馆的《玉尹残集》，留下钟叔河先生为我签名的《千秋鉴借吾妻镜》和林锴的《苔纹集》、荒芜的《纸壁斋续集》两种旧体诗词集（此为我苦心经营的"二十世纪旧体诗词"系列藏书中的老 K 级大牌），2015 年 7 月 27 日，我通过《藏书报》的"报上书店"发出转让"骆驼丛书"二十四种的信息。

接到的反馈信息令人欣慰，良志先生慧眼识书，接管了这群"骆驼"。我将这二十四册精品旧书里三层外三层包得严严实实（先用白纸逐册包装，后用牛皮纸整体包装），挑了一家服务质量最好的快递公司快递给良志先生。良志先生收到书，电话告知收到的二十四册"骆驼丛书"品相完好，希望能继续帮忙将三册旧体诗词集配齐。此后半年内，我从藏家手中先后买到品相很好的《苔纹集》《纸壁斋续集》，贴上邮资寄给了良志先生。

令人意想不到的是，2016年上半年，我通过书友帮忙从网上不惜重金买到了一册《玉尹残集》作者签赠本。皇冠已去，明珠犹存。我还没将这份得书的喜悦与良志先生分享。一方面是考虑到这册珍稀的《玉尹残集》是我"二十世纪旧体诗词"系列藏书中的一张王牌，另一方面是考虑到这一种"骆驼丛书"大缺本的买入价比那二十六册"骆驼丛书"转让价的总和还要高，不再忍痛转让还可避免谋利之嫌。相信凭借身处京城的地缘优势和良好的人脉关系，良志先生定能摘取到那颗皇冠上的明珠《玉尹残集》。

我与良志先生电话之交（包括通话与短信）很多，几乎无话不谈。文字之交只有一次。2014年初，我将"现代书话丛书"中我最珍爱的两种书话《郑振铎书话》和《唐弢书话》连同刊发有我文章《苦心经营一墙书》的2013年6月24日出刊的《藏书报》2013年第25期挂号寄给良志先生，请求这位责任编辑为二书题跋，很快就收到了良志先生挂号寄回的两册责编题跋本。

在《郑振铎书话》书名页，良志先生题写道："'现代书话丛书'两辑十六册，以郑振铎、唐弢为其中白眉。成杰先生寄来二书命题数字，遂写此以为记。杨良志　二〇一四年四月二十三日读书日。"

在《唐弢书话》书名页，良志先生题写道："春日读书如赏花，每遇佳作目不暇。友朋满壁长相伴，岂有他求乐无涯。（友朋，谓藏书也。看成杰兄书事及照片，一壁图书井然，诚可喜也。）二〇一四年四月二十三日，世界读书日，杨成杰书友寄二书，谨为此记。杨良志。"

在毛泽东诗词版本收藏这个专题上，我与良志先生有同好。通话时聊得最多的也是毛泽东诗词版本收藏。若有一天书运佳，还能买到一册《玉尹残集》，我愿和良志先生交换一套上下两册的《毛泽东手迹·自书诗词卷》（假如他有两套样书的话），还要请他写上一段精彩的题跋。

# 雁斋书事补新篇

　　北大学子、南大才子、江淮雁斋主人徐雁教授是当今中国阅读学界的领军人物（有中国阅读学研究会会长、中国图书馆学会学术委员暨阅读推广委员会副主任等头衔为证）。他的工作几无本职与兼职之分，大都与书相关，为书消得人憔悴，为书辛苦为书忙。

　　徐雁教授著述之宏富、出书之频繁令人目不暇接。印象最深者有两块"砖头"。一块"砖头"是《中国读书大辞典》，徐雁教授为主事者之一；一块"砖头"是《中国旧书业百年》，洋洋百万言由徐雁教授一人撰写。

　　见到《中国旧书业百年》（科学出版社2005年1版1印）是在述古人文书店，店主案头赫然摆着这部厚重专著的作者签赠本，令人心生艳羡。当即汇款到南京大学，请作者惠寄一册签名本。不几天即收到徐雁教授挂号寄来的《中国旧书业百年》，扉页赠言为："缃帙牙签列四围，此间渐觉古香肥。录古诗句与成杰书友共勉。金陵雁斋主人题于乙酉秋。"钤"徐雁"朱文印。

　　一气读完《中国旧书业百年》之后，我开始与徐雁教授通电话，也开始了我与雁斋主人的交往。

2012年10月中旬，我邀请徐雁教授利用到南昌开会之便顺道来校讲学。朝夕相处三日，由相识变成相知。

每周周五下午是学校集中安排讲座的时间，各路嘉宾轮番登台，此方唱罢彼方登场。10月12日下午正值讲座时间，徐雁教授的"文学经典阅读"讲座在几百个座位的阶梯教室刮起了一阵不大不小的文学经典阅读旋风，以致学校图书馆馆藏文学图书出借率一度创下馆史新高。此番盛况按下不表，单表讲学次日书事。

10月13日正逢周六，是天心阁古玩城古玩地摊市场摆摊的日子。按照事先约定，我于早晨六点在学院酒店大堂与徐雁教授会合，打车来到天心阁古玩城天刚蒙蒙亮。这天天气晴好，摆摊的人特别多，密密麻麻排满整个古玩城屋顶地面广场和地下一层车库。在地面广场卖书的每一个摊位前，徐教授都驻足仔细搜寻，不时买下一本对我讲，这本书一篇文章可用，这本书一段文字可用。见他拿下一本很不起眼的"文化大革命"时期小册子，我不解地问，这本书可用之处何在？他神秘地一笑说，此书有不少焚书的实录，实在是不可多得的材料。我明白了，徐教授是围绕他正在撰写的一部《中国古旧书文化史》专著收集资料，只要"可用"，片言只纸也不放过。我想起古玩城入口处一个杂项摊位上，长时间摆放着一摞用脏兮兮的透明塑料袋封装着的《图书发行报》，几乎无人问津。便漫不经心地带着徐教授逛到这个摊位前，想给他一份突然的惊喜。果不出所料，这位藏书文化史研究专家发现猎物眼睛一亮，从塑料袋中取出这摞旧报纸，原来是1955年全年的《图书发行报》，喜出望外，且又装出不露声色的样子，向摊主询价。一方是久卖不出，一方是久觅不获，成交自然相当愉快。

这天我的主要职责是为徐教授充当"导购"，本人在地面广场摊位所获仅为一册品相不错的《太炎先生自书诗册》，且与一本品相绝佳的《秋禾书话》失之交臂（眼睁睁看着一名网店书商从我熟悉的一名旧书摊主手中将此书买走）。我没将《秋禾书话》一事告诉身边的秋禾，带着他继续到地下一层车库的摊位转悠，重点是到老蒋的摊位去看看。老蒋的收货范围主要是省直机关各个大院，每次出摊总有些意想不到的新旧书刊、新老杂项。这天老蒋的摊位上书刊乏善可陈，杂项倒有不少。徐教授一眼相中一个葫芦形状的紫砂罐。此罐造型别致，黑里透红，当是20世纪某名牌茶场特别定制的顶尖级礼品茶叶的盛装罐，可谓"名珠之椟"。见是老友带来的外地客人，老蒋以他少见的慷慨将此罐低价卖给了徐教授，徐教授自然喜上眉梢。这款紫砂茶叶罐我在古玩地摊转悠了十几年才见到这一个，可见其珍稀。

地面和地下两层地摊市场转得差不多了，最后带着徐雁教授来到地面市场一个不起眼的角落，介绍徐教授与在此摆摊的老王认识。老王是长沙古旧书店退休员工，前些年的摊位上很有些好书，线装书也不少。这几年好书卖光了，偶尔来地摊市场租个摊位，卖些看过的名人轶事类书刊。徐教授掏出记事本，饶有兴致地向这位硕果仅存的古旧书业老人打听起20世纪长沙古旧书店的陈年旧事，所获一手资料不少。临别时，徐教授随便拿起两本并无资料价值的书刊付款给老王。老王自然心领神会，逢人就说南京大学的徐雁教授是个知书识礼的大好人。

逛完天心阁古玩地摊市场，打车直奔韭菜园大麓珍宝古玩城，带着徐雁教授专程造访古玩城三楼的龙氏青山草堂（古籍轩）。见到大教授来访，店主小龙非常高兴，搬出平时很少露面的线装古籍热情地向贵宾推荐。也许是价位过高，也许是不对专题，徐教授只是略微翻翻，连声称好，并连声称谢。最后从展示橱窗内挑了一方精美的印章，说是"不好意思空手出门"，与店主成交。

访书之后，便是访友。先去德雅村的光岳藏书楼，拜访著名藏书家何光岳先生。此次拜访，《两登光岳藏书楼》已有记载，不再赘述。光岳先生在藏书楼附近一家湘菜馆预订了午宴，席间多次向徐教授敬酒，徐教授推说不善饮酒，敬领一杯，回敬一杯。

下午去百年老馆湖南图书馆，徐教授与担任馆长的老同学叙旧，我便借此机会在古籍部借阅了黎泽泰的两部诗词稿本，并抄录了这位诗书俱佳的现代湖南书法家的几首佳作。晚餐老同学做东，在图书馆附近一家有名的餐馆用酒鬼酒款待徐教授。徐教授开怀畅饮，与午宴判若两人，其酒量之大在江南才子中不多见。

晚上回到酒店，饮茶解酒，谈古论今，细赏白天斩获之物，不觉夜深。我拿出一册珍藏多年的《雁斋书事录》（南京大学出版社2008年1版1印）毛边本请雁斋主人签名。徐教授在书名页题写道："万卷藏书易读，万里行路有期。成杰先生藏本嘱题 壬辰秋日于岳麓山下 徐雁。"接过签名本，我突发妙想：何不补写一篇今日书事，题于书末？徐教授乘着酒兴，欣然命笔，文不加点，一气呵成，一篇《湘行简记》跃然纸上。兹将这篇妙文加上标点，全文录出。

《湘行简记》：壬辰深秋，以长沙藏书家杨成杰先生之邀由洪都径赴星城，讲授文学经典阅读之道。时三湘之地皆在桂香弥漫中也。十月十三日，时在周六。晴空白日，秋高气爽。乃有淘书之约。晨六时起，偕赴天心阁古玩市场，至则东方既白。时旧书摊尚无多见，而新文玩摊则已比比矣。杨先生于一摊慧眼先得《太炎先生自书诗册》，诗墨皆妙，而书品尤佳。余随后所得旧书有《中国书法史图录》《山歌有余韵》及一九五五年《图书发行报》等，所费不啻一二百元。又于一摊观书片时而无一可买，忽见摊边紫砂一器，有纽翘然，作秋茄或夏日葫芦状，于黝黑中潜光华然。不觉见猎心喜，遂讨价五十元买归己有。细玩之，则正面镌有俗字"福禄"字样，而背镌"过山瑶"商标，有记文曰"莽山钟家木森森茶场"，知系茶场为储茶而定制者也。又于韭菜园古玩城龙氏青山草堂橱窗见一图章，四边依石理色彩镌为师徒二人携家犬数头于山涧寻梅。方寸之间，意境辽阔，不觉钟情。遂问价，以五百元购之，闲暇间或可把玩也。随后赴德雅路拜访知名学者、藏书家何光岳先生藏书楼，但见主人仙风道骨，侃侃而谈，乃知家事国事天下事皆所关心矣。闻其自述，生平著书近三千万字，藏书十四万册。若此，则为当代民间藏书家第一人也。壬辰白露后写于长沙，为百集交感斋主人藏本夜题。　徐雁。

# 未曾谋面的铁杆书友

如果要写一篇《曾在百集交感斋》晒晒我的"失书记",首先要提到的就是一套香港读书杂志《读者良友》。

《读者良友》是由香港三联书店出版的一份读书月刊,1984年7月创刊,1988年3月终刊,共出八卷45期(此份月刊半年为一卷,依次为第 × 卷第1期至第6期,同时注明为198× 年第1期至第12期、总第 × 期至第 × 期)。国际流行大32开(比内地大32开出版物略大),主要刊载读书随笔和书评,道林纸精印。每期后半部分为黄页,刊载书目书讯及书刊广告。装帧精美,印刷精良,堪称期刊精品。

我是1985年10月在深圳大学参加全国比较文学讲习班并列席中国比较文学学会成立大会开幕式而与《读者良友》结缘的。当时深圳大学与香港中文大学在深圳大学办公楼四楼教工俱乐部联合举办了一次为期一周的港台、外文版书展,我每天中午休息时间和晚上都到书展厅看书买书。印象最深的港台版期刊就是这份当时已出 16 期的《读者良友》。这份期刊在这次书展上只有样书，我仔细翻阅了这套样书，并记下了这份期刊在内地的订阅途径。

1986 年 4 月，我按照这个订阅途径汇款给广州中华商务贸易公司（后更名为广州中华商务办事处），通过这家公司订阅《读者良友》1986 年第 1 期至第 12 期，很快就收到香港三联书店寄回的订阅收据，半个月后即收到香港三联书店以印刷品方式寄来的《读者良友》第四卷第 1 期至第 5 期（1986 年第 1 期至第 5 期、总第 19 期至第 23 期）。下半年又准时按月收到了总第 24 期至第 30 期。1987 年和 1988 年照此办理，按时订阅了《读者良友》总第 31 期至第 45 期。1987 年 5 月我通过上述途径又补齐了《读者良友》总第 1 期至第 18 期。到 1988 年 3 月底，全套 45 期《读者良友》整整齐齐地排列在寒斋书柜最上一层，占了整整一层的显目位置，伴我度过了一段美好的阅读时光。

也许就是由于这"整整一层"的显目阵容，决定了这套期刊最终被转让（而不是被处理）的命运。

在我的藏书信条中，还有一条不成文的信条："读刊不藏刊"（或曰"藏书不藏刊"），可以作为"藏书贵精"的补充。我爱读书，也爱读刊。《读书》和《新华文摘》我从创刊号开始订阅了二十年。《新文学史料》我从试刊号开始订阅了二十五年（整整 100 期）。《词刊》

从创刊号至今我一直订阅着。订阅过的期刊还有《诗刊》《随笔》《博览群书》等。也许是受客串过多年图书馆长的专业性影响，每到年底，我都要把所有期刊视为"过刊"，想方设法进行"剔旧"。《读者良友》和《新文学史料》也概莫能外。

1989 年第 5 期《博览群书》的《转让书目》专栏上，刊载了我的一份"转让书目"，全套 45 期的《读者良友》也置身于这十几种转让书目中。有趣的是，转让的十几种书刊中，绝大多数都名花有主了，唯独这套《读者良友》还没找到婆家，我也打算不再出让这套珍贵的期刊了。

整整三年过后，北京期刊收藏大家谢其章的出现，才改变了这套期刊的命运，也由此拉开了我与铁杆书友谢其章兄四分之一世纪交往的序幕。

谢其章学会计出身，养成了记台账的习惯。鄙人学中文出身，受鲁迅先生影响，访鲁迅日记风格，也记了整整三十年（涵盖 20 世纪 70 年、80 年代、90 年代）的日记。谢氏台账中关于《读者良友》的"得书记"正是杨氏日记中的"失书记"。

谢其章著《搜书记》(山东画报出版社 2006 年 1 版 1 印 ) 中有关《读者良友》的记载仅此一条："( 1992 年 ) 5 月 30 日　星期六　晴　晚上小春送来长沙杨先生信，《读者良友》全套 45 期居然仍在。隔了三年?！汇款 225 元寄来，心中高兴。"并在次页脚注云："6 月 21 日收到《读者良友》。"

现将杨氏日记中有关《读者良友》的记述录出，与谢氏台账的记述对读，其符若契。

"1992 年 5 月 24 日　收北京谢其章信，联系转让全套《读者良友》。"

"1992 年 5 月 25 日　复信谢其章。"

"1992 年 6 月 6 日　收谢其章信及汇来的 230 元书款（含 5 元邮资）。"

"1992 年 6 月 16 日　下午到望岳邮电所将 45 期《读者良友》挂号寄给北京谢其章。"

在 6 月 6 日至 6 月 16 日这段整装待发的时间里，我怀着依依不舍的心情将全套《读者良友》重读了一遍，越发不舍这群高贵的"良友"远走他乡。

以转让《读者良友》为纽带，我与谢其章的鱼雁往还至少有十多次。

1992 年 10 月，我去成都参加第五届全国书市，得《香港三联书店书目》一份，随即挂号寄给了谢其章。谢其章收到书目很高兴，在复信中写道：

"寄来的香港三联书店书目很有用，我就是用它抄了一份书单，托一个去香港的朋友去买。如果能买来，我真地要感谢您寄来的书目。"

"四川这次全国书展公开卖港台书，不知香港三联书目上的是否都有，还是只限于生活日用类或财经、画册。如果那样卖的话真算是开放了。北京九月国际书展港台书是有一些无现货而且订起来十分麻烦。我订了一本《书香》至今还未收到。买书之难难于上青天，买港台书就更难了。希望您以后有此类买书信息一定告诉我。"

1993年年底收谢其章寄来贺卡："杨成杰书友 新年之际赠联以贺——有书真富贵，无病小神仙。友谢其章 一九九三年十二月二十九日夜。"

1994年初，我将拙著《真善美之恋》寄赠谢其章。谢其章于1994年4月14日回信中写道："很高兴收到您新作诗集《真善美之恋》。尽管读了那么多唐诗宋词，对新体白话诗已不感兴趣，还是极有兴味地拜读了您的大作。最觉不错是最后一首《爱情小结》，看来永恒的主题是咏唱不绝的。正如您诗中所吟，我们这一辈中年人正是"身也负重，心也负重"，而在于我更多的感触是心的负重，它能使你从梦中惊醒，它能使你感觉人情世态的乏味。由您诗集所感我特转抄二首我喜爱的小诗与您共赏。这二首小诗所表示出的情绪和意境叫人浅酌低唱，不能自已。"（杨按：这二首小诗是马文珍的《思亲》《寄内》，转抄自民国二十八年《宇宙风乙刊》第12期。限于篇幅，不全诗引录。谢氏转抄后批语："马文珍诗文俱佳，常载此刊。"）

谢其章文笔优美的十多通信札我一直珍藏至今。

进入新千年，谢其章的写作激情如同郭沫若《女神》时代的新诗"火山一样地喷发"，先后出版了将近二十本藏书专著，成为藏书界乃至收藏界首屈一指的高产作家。谢其章的藏书专著我只购藏了四本，三本为谢氏"搜书三部曲"的《搜书记》、《搜书后记》（岳麓书社 2009 年 1 版 1 印）、《搜书劄记》（花城出版社 2013 年 1 版 1 印），一本为新近出版的《出书记》（中央编译出版社 2016 年 1 版 1 印）。其余谢著也大都在书店翻阅一过。窃以为谢氏的"搜书三部曲"和《出书记》，不仅是各个层次的爱书人雅俗共赏的书话佳品，也是研究当代中国出版史、中国藏书史的重要史料和个案材料。"搜书三部曲"中的《搜书后记》购自北京单向街一家书店，扉页有谢其章签名"谢其章 2010-1-9 单向街"，应为谢氏在这家书店参加签售活动后留在店内。此书第238 页有一段"谢氏台账"披露了进入新千年后我们之间的又一段书缘：

"二〇〇八年四月十四日　　长沙杨成杰电话，他攒了二百本民国线装诗集，顾随的《苦水集》（杨按：应为《苦水诗存　留春词》）他是从天津拍卖会得来的。"

进入新千年后，我不再陈谷子烂芝麻地逐日记录鲁迅风格流水账日记了，改为只记出行记。这段"谢氏台账"当然不在记录之列，也就无据可查。好在时间不长，我与谢其章的这次通话我还清楚地记得。通话时间是晚上九点，我用手机拨通了谢家座机，与谢其章聊了近半个小时。首先提到的是《搜书记》毛边本，我说《搜书记》平装本我已拜读了，很想得到一册毛边签赠本。他说为数不多的毛边本早就签赠完了。以后再弄到这书的毛边本，一定送老友一册。由《搜书记》毛边本又谈到当时颇热的《旧墨记》系列毛边本，又想通过他找方继孝把几册《旧墨记》毛边本一次性弄齐，他也答应帮我联系。最后是互通书情，近期都淘到了什么好书。我告诉他前年通过天津国拍今古斋委托拍得顾随《苦水诗存　留春词》，今年年初又委托今古斋拍得顾随《荒原词》签赠本。他连说"苦水诗人"的这两个集子"太珍贵了""太难得了"。

这次通话四个多月后，收到谢其章特快专递过来的《搜书记》毛边本，签名页上方是几行熟悉笔迹："杨成杰先生指正　谢其章　二〇〇八年九月　北京。"签赠本内夹有一张便笺曰："杨兄　你好　方继孝的旧墨记我问了，只有一种还有毛边，故未能完成任务。谢其章。"

我与其章兄相交相知四分之一世纪，一直没有见过一面，通话好像也仅《搜书后记》中记载的这一次。进入新千年后我几乎每年都要在北京访书三五天，访友似乎也是抬脚之劳。盖因每次在京访书，日程都安排很紧，总以为访书之事刻不容缓，访友之事来日方长。下次去北京，一定要专程去京城著名的两个"老虎尾巴"之一的恩济里谢氏"老虎尾巴"，见见这只高产稳产的"下蛋的母鸡"了。

# 冷摊仍有连城璧

## 甲　篇

创刊初期的《旧书信息报》(今之《藏书报》)上,经常见到彭令的名字。这个彭令几乎每期都在"转让信息"专版发布大版转让书目,其中不少高大上的古旧书佳品现今的古籍善本拍卖图录上都难得一见了。

彭令这个名字,很容易与东晋的陶令(彭泽县令陶潜)产生关联。每次阅读彭令的转让书目,都要想到毛主席诗词名句"陶令不知何处去",对"隐居"平遥古城内的彭令刮目相看。

2006年5月,我去西安参加一个会议,拟抄近道(实为绕道)经平遥(顺访平遥古城)、太原(顺访乔家大院、王家大院)、临汾(顺观壶口瀑布),再从陕西茶坊乘车去西安。临行前两天,我拨通平遥古城彭令家的电话,告知去西安开会特意途径古城平遥访书访友。彭令非常高兴,要我短信告知抵达平遥的火车车次,一定到车站迎接并尽地主之谊。于是便有了我的"出行记"

中"平遥之旅"的如下记载：

"2006年5月26日　雨。早晨六点乘238次列车离开长沙，前往平遥。"

"27日　晴。早晨七点半抵达平遥。家住平遥古城仁义街的彭令来车站迎接，安排自称是阎维文堂弟的一位人力车夫拉着我游览平遥古城。中午彭令作东，招待吃山西风味菜。下午三点乘火车离开平遥，四点半抵太原。"

记得一见面，这位个头不高、略微发胖的小伙子就用半生不熟的长沙话对我说："我也是湖南伢子呢。"接着便谈起了他的身世：祖籍太原，现籍平遥，1970年8月生于湖南，1973年至1988年8月生活、学习在湖南农村，1988年9月离开湖南到外地求学，1993年至1998年在深圳、天津、太原等地从事文艺工作（及文学创作与玩具文具推销），1999年开始贩卖旧书，2003年开始贩卖、收集、整理与研究革命文献和古籍，2005年被吸收为中国收藏家协会会员。

中午共进山西风味菜午餐时，这位憨厚中透着精明、精明中不失憨厚的自称"小书贩"的湖南老弟谈起了这八年中苦乐参半的贩书经历，最后轻描淡写地提及半年前的一个清晨，他在南京朝天宫古玩市场一个较偏的地摊上，花1000元淘得一册破烂的旧写本，封面题着"记事珠"三个字，内文字迹漂亮极了。这个破烂的旧写本他打算好好研读一番后，拿到拍卖会上去试试。

临别时，我将一盒君山银针送给这位客居他乡的"湖南伢子"，作为此行的答谢。自此以后，我一直将彭令视为一位老弟，关注着他的发展。

2010 年 5 月，收到彭令老弟寄赠的一册《浮生六记》（新增补本），此书由彭令整理，人民文学出版社2010 年 4 月 1 版 1 印。该书"出版说明"写道："传世的《浮生六记》犹如断臂的维纳斯，其实只有前四记。""可喜的是，最近有收藏者发现了沈复同时代人、清代著名学者、书法家钱泳的《记事珠》手稿，其中有关于沈复和《浮生六记》的重要文献。特别是《册封琉球国记略》一篇，更被多位学者认定为抄录自已经失传的《海国记》（《中山记历》的初稿本）。""为了方便广大读者阅读，我社与收藏者商议，决定将新发现的《册封琉球国记略》（《海国记》）与《浮生六记》前四记一起整理出版。"这位收藏者和整理者就是彭令老弟。

《浮生六记》（新增补本）内夹有一张便笺："杨成杰先生：欢迎赐教。若有书评大作，请发我电子邮箱（略）。邮赠样报给弟最佳。彭令敬礼 2010.5.26。"

收到《浮生六记》（新增补本）签赠本时，我刚读完山西作家赵瑜写的《寻找巴金的黛莉》（人民文学出版社2009 年 12 月 1 版 1 印）。为避免受人之托替人鼓吹的"广告文学"之嫌，我将《浮生六记》（新增补本）认真通读一遍，以评介两本人民文学出版社新近出版的两位山西收藏家的收藏专著为切入口，精心构思了一篇随笔式的书评文章《冷摊仍有连城璧》，先后投寄给两家心仪已久的读书类报刊，都没有回音。没有书评样报回赠彭令老弟，我歉疚良友。

令人欣慰的轰动式消息半年后从北京传出，清人钱梅溪杂记杂稿《记事珠》（内含钓鱼岛是中国的固有领土新证据《册封琉球国记略》又名《海国记》）孤本稿本，2010年12月在北京拍卖，拍出了1325万元人民币的善价。加上佣金，此孤本以1457.5万元人民币成交。彭令被媒体誉为"点纸成金"的传奇人物。

一夜成名也一夜暴富的彭令老弟客居京城，主持中国收藏家协会书报刊收藏委员会的日常工作，仍是那样朴实、那样憨厚、那样低调、那样热情。每次来北京，彭令老弟都要身背一个长长的水壶到我入住的酒店畅谈书情，畅述乡情，没有一丝一毫"一阔脸就变"的感觉。有次请我吃饭之后，还送我一册江苏古籍出版社2001年刷印的12开宣纸泥活字蓝印本《毛泽东诗词六十七首》。此书仅印1000册，而且品相绝佳，正是我久觅不得之佳本。热情如故的彭令老弟还介绍我加入中国收藏家协会，聘任我为书报刊收藏委员会中国古籍研究中心特约研究员，邀请我参加书报刊收藏委员会的各种活动，并在中国收藏家协会官网的书报刊频道"中国书报刊收藏精英"栏目发布介绍鄙人收藏"业绩"的大版文章及图片资料。

在我撰写此篇《冷摊仍有连城璧》的时候，我又翻捡出七年前撰写的那篇没有刊出的随笔式书评《冷摊仍有连城璧》，觉得此篇书评的阅读价值不减反增。"文章还是自己的好"。决定将新近撰写的这篇《冷摊仍有连城璧》作为甲篇，而将七年前撰写的那篇《冷摊仍有连城璧》作为乙篇，合为一篇《冷摊仍有连城璧》首发，一飨读者诸君，二谢彭令老弟，三免遗珠之憾。

## 乙 篇

有段时间未读人民文学出版社的新书了，最近读到该社半年前推出的两本书，引起我浓厚的兴趣。一本是著名报告文学作家赵瑜的长篇报告文学《寻找巴金的黛莉》，一本是著名藏书家彭令整理的《浮生六记》新增补本。两书皆取材于冷摊收藏，并由此引出价值连城的话题。

收藏的故事很精彩。

自古文人爱收藏。山西作家赵瑜闲暇时候也好点儿收藏，作为写作生活的一种调剂。2006 年冬，作家去太原文庙古玩老市闲逛，从一熟识的路边小古玩店老板口中获知他藏有巴金七十多年前写给太原少女黛莉的七封老书信，而这七封老书信又是20世纪90年代初太原市中心区域解放路拆除阎锡山时期老院子时从房顶天花板中发现的。经过近两年时间的斗智斗勇，作家动之以情，晓之以理，诱之以利，终于在2008年9月从古董商手中以一万元的价格收进了这一珍贵藏品（最终捡了一个"大漏"）。三个月之后，这位卖出过巴金老书信的古董商惨遭不测，被人深夜在店中杀害了。

彭令的收藏故事没有赵瑜那么惊心动魄，却也一波三折，引人入胜。2005年秋天一个礼拜六的清晨，山西平遥书商彭令在南京朝天宫古玩市场淘宝。在一个较偏的地摊上，彭令发现一册破烂的旧写本，封面题着"记事珠"三个字，内中字迹漂亮，文字有涉金石书画的内容，当即以高于当时地摊价格数十倍的价钱，买下了这册破烂的写本。经过大体查证，彭令基本认定这册旧写本是清代中期学者钱泳的笔记本，为钱氏亲笔手写稿。不久，这册蓬头垢面的手稿本以高于收进价数十倍的价格出现在中国书店2006年春季书刊资料拍卖会上。由于稿本破烂，不便翻阅，加之拍品众多，难以顾及，手稿本流拍。彭令不甘心，又请古籍版本专家指导将稿本分为"杂记"等四个部分，并请琉璃厂装裱行家精心装裱成经折装四册，然后对四册手稿的内容逐页查考，以期找些卖点出来，好再次交拍卖公司去拍卖。经过一年多时间的查考，彭令有了令人惊喜的重大发现，并将发现成果公之于众。如今，不少藏家与非藏家，以高于当年春拍价数十倍的价钱求购，均被拒之门外。

藏品的话题更撩人。

巴金七十多年前的七封老书信，至今保存完好。保存了这些老书信的老房子有着怎样的老故事？住在这幢老房子里的收信人少女黛莉至今流落何方，是否尚在人世？这些老书信都写了些什么？为解开这些诱人的话题，赵瑜得信后用了两年多的工夫，展开考证落实，"探索发现"这位知识女性。考证过程波澜起伏，发现之旅扑朔迷离。经过不少朋友（包括刑警朋友）的穿针引线，作家终于获知，当年十七岁的少女黛莉、现今九十高龄的赵梅生女士历经战乱与动乱，不仅有尊严地活了下来，而且健康地和女儿一家住在西安市区一片楼区中。登门拜访黛莉老人之后，作家又用报告文学的如椽之笔，记述了一位现代知识女性传奇而坎坷的命运。最后作家将巴金七封老书信的全部内容向读者和研究界披露，成为巴金研究的最新材料。

与巴金老人的七封老书信相比，彭令在钱泳手稿本《记事珠》中的发现更为惊人。在查考"杂记"册之《册封琉球国记略》时，彭令发现其中载有齐鲲、费锡章、吴安邦与沈复几位清代人物。逐一查实其人其事之后，彭令循着这一线索，收寻、查阅了至少100斤以上的各种材料，终于认定钱泳抄录的《册封琉球国记略》

来自沈复的《浮生六记》卷五《中山记历》(原名《海国记》)。经台湾学者蔡根祥鉴定,钱泳的这一部分抄录稿是"下真迹一等"的文献,是对《浮生六记》的重要增补。大陆学者傅璇琮评价《浮生六记》的这一增补,是一种新的"敦煌学"。更为人始料不及的,是新发现的钱泳手稿本上述这一章节中有关于钓鱼台(即钓鱼岛)的真实记载:"十三日辰刻,见钓鱼台,形如笔架。"此一发现,已引起海峡两岸的高度关注。人民文学出版社为《浮生六记》新增补本设计的腰封上有两行文字:"《浮生六记》有重大发现,钓鱼台主权有最新证据。"广告不虚。

这正是:

处心发财财难发,无心插柳柳拂堤。
莫道收藏资源少,冷摊仍有连城璧。

# 毛泽东诗词版本琐谈

　　毛泽东诗词版本收藏在我的藏书中既是一个小专题，也算一个大专题。在"二十世纪旧体诗词"（或曰"现代诗词"）收藏中，这是一个小专题；而在"毛泽东生平及其著作"收藏中，则是一个大专题。

　　"毛泽东生平"专题我藏有《毛泽东年谱》（1893—1949）（修订本）上中下卷、（1949—1976）1—6卷（中央文献出版社2013年1版1印）全套9卷精装本，《毛泽东主席照片选集》中文版（《中国摄影》编辑部编，人民美术出版社1977年1版1印）、英文版（人民美术出版社、外文出版社1978年第1版）、法文版（人民美术出版社、外文出版社1978年第1版）6开特精装本（均为10品），《毛主席和各族人民在一起》（民族出版社1961年1版1印）12开绸面精装本（95品），《伟大的领袖和导师毛泽东主席讲话录音》黑胶唱片（中国唱片社 1978 年出版 )( 95 品 )。"毛泽东著作"专题我只收藏毛泽东诗词集。早年收藏的《毛泽东选集》东北版精装本、《毛泽东选集》一至四卷平装初版本、《毛泽东选集》一至四卷线装本，都用来交换了毛泽东诗词集。我非常认同胡乔木的一个观点：毛主席的诗词将比他的文章更能传诸后世。( 见《毛泽东与中国古今诗人》，岳麓书社 1999 年 1 版 1 印，第 468 页。)

毛泽东诗词版本繁多，寒斋收藏仅有 40 多种，也大体可以反映毛泽东诗词版本的基本概貌。

毛泽东诗词最早的版本，应是延安时期刊印的《风沙集》。美国诗人、传记作家罗伯特·佩恩 1946 年到延安采访，听说有人把毛泽东的 70 首诗词汇集成册刊出，取名为《风沙集》，大感兴趣，便多方设法寻找，却始终未找到这部诗集。( 直到现在，也没有谁找到过这部诗集。) 此集若能现身，当为一级文物。

《风沙集》刊印前后，毛泽东诗词即以传抄的方式不胫而走。跟鲁迅、毛泽东都有较多接触的冯雪峰说过："鲁迅是看过毛主席诗词的"，"认为诗词中有'山大王'的气概。"( 见《毛泽东与中国古今诗人》，岳麓书社 1999 年 1 版 1 印，第 366 页。) 鲁迅看过的毛泽东诗词，无疑是当时抄传的被后来学者归类为"井冈山组诗"的那些诗词。

新中国成立初期，报刊及出版物上可以见到《长征》诗、《六盘山》词等毛泽东诗词的不同版本。寒斋藏有一册上海福禄寿字帖纸品社1954年夏影印的《毛主席、鲁迅、郭沫若、沈钧儒四大家诗词小楷》，邹梦禅书，白纸折页装，长26厘米，宽12厘米。开首即为《毛主席诗词》，仅抄录《沁园春》《长征纪念歌词》二首。《沁园春》标题后面没有"雪"，抄录的全词与后来的定本一字不差。《长征纪念歌词》标题与后来的定本标题《七律·长征》差异很大，抄录的全诗也与后来的定本有几字之差。此书虽为影印字帖，装帧印刷可与线装诗集比美。

1957年1月25日出刊的《诗刊》创刊号上，发表了毛泽东的《旧体诗词十八首》。这是毛泽东首次正式结集发表自己的诗词。《诗刊》创刊号为25开本，内页为100页。有道林纸本和报纸本两种，印数58760册。寒斋所藏一册为报纸本。张光宇设计的封面简洁、大方，上部为鲜红的"诗刊"两个粗大的美术字，下部为黑色的期号与出版年月日，装帧别致朴实。

1958年1月1日，湖南师范学院院刊《湖南师院》首次发表了毛泽东的词作《蝶恋花·答李淑一》（发表时题目为"赠李淑一"）。1958年1月7日《人民日报》和《诗刊》1958年1月号又相继发表（没标明"转载"）了这首词作。在此基础上，人民文学出版社于1958年7月出版了宣纸线装本《毛主席诗词十九首》。这是国内公开出版的第一本毛泽东诗词集，版权页上标明此书印数仅为 1000 册。寒斋藏有一册，品相极佳。此书开本别致，25 开。紫红色绫纸书衣，宣纸内页，丝线明订。全书除扉页、目录页以外，正文为 27 页。每页的诗词都用双红线围框。每首诗词的排列形式同《诗刊》创刊号上的一样，每句都分行，只是将《诗刊》创刊号上的横排改为竖排。《诗刊》创刊号为宋体字排印，此书为仿宋字排印。

1958 年 9 月，文物出版社出版了大字木刻宣纸线装本《毛主席诗词十九首》，印数为 4000 册。寒斋藏有一册，品相极佳。此书瓷青色封面，左边配有黑字加框的白绫题签，"毛主席诗词十九首"仿宋体大字十分醒目。书页依照古书直行加栏的传统格式，繁体字刻印。诗词正文是特号大字，作者原注用小字双行，庄重俊美。纸张为宣纸，丝线明订。整本诗集古色古香。这是文物出版社"唯一的一本请刻工刻印的木版书"。(《文物出版社三十年》，文物出版社 1986 年 12 月 1 版 1 印，第153 页。)

人民文学出版社和文物出版社出版的《毛主席诗词十九首》两种宣纸线装本都没有出版说明，也没有交代编辑者。陈烈著《田家英与小莽苍苍斋》(增订版)(三联书店 2011 年 6 月 1 版 1 印)披露了相关信息："田家英在编辑《毛主席诗词十九首》和《毛主席诗词》

（三十七首）期间，经常同诗家交换意见，共同探讨毛泽东诗词的用典及含义。"由此可知，两种版本共计5000册的《毛主席诗词十九首》宣纸线装本，都是由田家英编辑、毛泽东"钦定"的。

1958年10月3日《人民日报》发表了毛泽东《七律二首·送瘟神》，文物出版社又在《毛主席诗词十九首》的基础上，增加新发表的《七律二首·送瘟神》，出版了大字木刻宣纸线装本《毛主席诗词二十一首》。《毛主席诗词二十一首》除了增加两页、没有印数外，其他与《毛主席诗词十九首》完全相同。装帧设计除了题签不同，其他也一模一样，并且书号也一样。两本不同的书，使用同一书号，标署同一出版时间；且增加新发表的《七律二首·送瘟神》比《人民日报》发表的时间提早了一个月。对此，陈烈先生有一点理解和一个推测。一点理解是："《七律二首·送瘟神》这两首诗最初发表在1958年10月3日的《人民日报》(以后各出版物都认为这个日子是最初发表的时间)。现在看来，'始发者'应是文物出版社，时间提早到9月。"一个推测是："田家英编定毛主席诗词交由文物出版社印制的是《十九首》，采用宣纸线装本，刻板、印刷到装订全部为手工操作，专为喜爱线装本的读者而制作，故印数很少。刚刚上市，恰逢毛泽东的新作《七律二首·送瘟神》问世，于是，出版社突击改版，利用尚未装订的散页，刻印补加两首新作附后，然后'改头换尾'，更换首页、末页，于是有了《二十一首》这个本子。由于印数极少，它的象征意义大于实际意义。"（《田家英与小莽苍苍斋》增订本第72至73页。）

《毛主席诗词二十一首》寒斋藏有两册。一册为文物出版社1958年第一版第一次印刷，书品较差。内页和封面题签基本完好，只是书衣有损，有机会可以修复。首尾两页空白页各钤一枚"参观毛主席旧居韶山留念 韶山书店"售书章，售书章内"年月日"用钢笔填写购书时间"1961.9.1"。还有一册为文物出版社2015年3月第一版第二次印刷，朱砂本，带函套，品相全新。版式装帧和一版一印一模一样，只是在函套内贴有一小片版权页，标明印次（一版二印）和印数（300册）。

1962年5月12日出版的《人民文学》5月号以《词六首》为总标题发表了毛泽东创作于30多年前的六首词。至此，毛泽东公开发表的诗词已有27首。1963年12月，人民文学出版社出版了《毛主席诗词》，收有毛泽东的37首诗词。这是毛泽东亲自编定的一个带总结性的诗词集，也是其生前出版的最重要的诗词集。《出版说明》写道："本书收入毛主席诗词三十七首。以前发表过的二十七首，这次出版时经作者作了校订。另外十首是没有发表过的。"与此同时，文物出版社以集宋版书字体出版了《毛主席诗词三十七首》。人民文学出版社出版的《毛主席诗词》有20开线装本两种（宣纸本、毛边纸本），平装本两种（甲、乙种本）。文物出版社出版的《毛主席诗词三十七首》是集宋版书字体照相制版影印的12开宣纸线装本，有绸面、纸面本两种，绸面本曾印有一部分朱砂色。另外印有一部分云纹纸特装本，未发售。

人民文学出版社1963年12月1版1印的《毛主席诗词》寒斋藏有宣纸线装本二册、平装甲种本二册，都为95品。宣纸线装本中一册为著名文化人刘斐章旧藏，尾页左下角钤"刘斐章"朱文印。平装甲种本中一册为著名画家陈国钊旧藏，封面右下角签"国钊"二字，内有陈国钊过录毛泽东关于诗的两封信及其批注，与田家英旧藏陈秉忱过录毛泽东批注的《毛主席诗词二十一首》有异曲同工之妙。平装甲种本30开，繁体字竖排，封面印有梅花纹理，郭沫若题写书名，装帧精致。宣纸线装本字体与平装甲种本一致，依照古书直行加栏的传统格式排印，丝线明订。

文物出版社1963年12月第1版《毛主席诗词三十七首》纸面宣纸线装本寒斋藏有一册，品相为10品。此书为12开，瓷青色封面配冷金纸签条，丝线明订。内页字体是从宋浙本《攻媿先生文集》上集纳的，经照相制版，显得清逸俊美。此书1963年12月第

1 版，1964 年 4 月第 2 版，1965 年 6 月第 2 版第 3 次印刷，累计印数 13000 册。文物出版社《毛主席诗词三十七首》寒斋还藏有 1964 年 10 月第 3 版第 1 次印刷的 20 开宣纸线装本（铅字排印标点本）、1965 年 9 月第 2 版第 2 次印刷的 20 开玉扣纸线装本（铅字排印标点本）各一册，品相都为 95 品。

1966 年 9 月 28 日的《人民日报》及全国各地报纸都在显著位置刊载了一则新华社电讯：为了"让伟大领袖的光辉诗篇更普遍地同革命群众见面"，"人民文学出版社和文物出版社分别出版的《毛主席诗词》（三十七首）简体字横排袖珍本将于国庆节前后陆续在全国各地新华书店普遍发行"。笔者珍藏的一册文物出版社 1966 年 9 月版《毛主席诗词三十七首》（品相为 10 品）就是这一出版消息的见证。此书为 64 开平装本，印数 130 万册，定价 0.08 元。封面上半部分为红色，印有两行黑字书名（"毛主席诗词"为大号宋体字，"三十七首"为三号黑体字）；下半部分为白色，印有红色五角星。装帧简洁，朴实大方。0.08 元的定价也让稍有文化的普通群众买得起。此书发行的时候笔者还在上小学，就是用卖金银花积攒下来的零花钱从当地供销社的新华书店专柜买到的。这是笔者买到的第一本毛泽东诗词集。

1967 年 5 月，人民文学出版社为纪念毛泽东《在延安文艺座谈会上的讲话》发表二十五周年，出版了一种

100 开的"红宝书"版《毛主席诗词》。此种袖珍本笔者珍藏了两册。一册为人民文学出版社 1967 年 5 月北京第一版、1967 年 12 月北京第一次印刷，红色塑料封套，封套上的书名"毛主席诗词"五个字烫金，封套上的毛泽东手迹《六盘山》词塑料凸模热压。同样大小、同样装帧的另一册《毛主席诗词》，则为人民文学出版社 1967 年 5 月北京第一版、1968 年 1 月上海第一次印刷，扉页钤盖一枚红色圆形印章，上半部分为毛泽东身着军装的侧面头像闪闪发光的图案，下半部分为"新南昌报社革命委员会成立纪念 1968.7"。

"文化大革命"期间全国各地群众自行编印的毛泽东诗词、毛泽东诗词注释本、毛泽东诗词讲解本不计其数，大都没有太多的收藏价值。较有收藏价值的是军队系统各大单位政治部门内部印行的红塑封本《毛主席诗词》。这些红塑封本几乎是一个版式：一般为 64 开（个别为 100 开），红色塑料封套，封面烫金印刷"毛主席诗词"和《人民解放军占领南京》手迹，书脊烫金印刷"毛主席诗词"和五角星。内页收入毛泽东诗词 37 首，诗词前面有若干幅印制精良的毛泽东照片，并插印毛泽东诗词手迹若干幅。寒斋藏有三册与前面描述一模一样的 64 开红塑封本《毛主席诗词》（均为 10 品），都是军队系统大单位政治部门编印的。第一册是 1967 年中国人民解放军第二炮兵政治部印本，扉页为"全世界无产者，联合起来！"书名页之后有彩照 22 幅（其中毛林合照 4 幅），诗词内插印手迹 19 幅。第二册是 1967 年中国人民解放军东海舰队政治部印本，扉页为"全世界无产者，联合起来！"书名页之后依次是林彪题词手迹两幅、彩照 24 幅（其中毛林合照 4 幅），诗词内插印手迹 19 幅。第三册是 1967 年 8 月中国人民解放军北海舰队政治部印本，扉页即是书名页，只有彩照 8 页（一页一幅彩照、无毛林合照），彩照之后集中编印手迹 20 幅，手迹之后才是诗词。还有一册 1968 年中国人民解放军六三二三部队编印的《毛主席诗词》红塑封本（品相亦为 10 品），比前述三册相同开本的红塑封本更漂亮，封面烫金印刷的则是毛泽东身着军装的侧面头像、"毛主席诗词"和《题庐山仙人洞照》手迹，书脊没印"毛主席诗词"和五角星。此本收入彩照 32 幅（其中毛林合照 6 幅）。据说旧书市场上红塑封本《毛主席诗词》的价格主要取决于毛林合照的多少，六三二三部队编印的这本价格自然就更高。

1974 年 3 月，沉寂多年的文化出版领域开始出现一些回暖回春迹象，人民文学出版社即以线装大字本、线装小字本、布面精装本、平装本等四种不同的版种出版了《毛主席诗词》第二版。寒斋藏有其中的线装大字本一册，布面精装本一册，均为 95 品。布面精装本的开本为特 30 开，布面为红色，书名烫金（未用郭沫若题字），外加梅花纹理护封，装帧十分雅致。线装大字本的开本比 12 开略小（尺寸为 29.5 厘米 × 18.5 厘米），瓷青色封面，丝线明订，可与文物出版社 12 开宣纸线装本比美。两种版本内页设计完全相同，只是线装大字本字体更大。扉页用红色长仿体字竖排"全世界无产者，联合起来！"诗词排印方式恢复了第一版的繁体字竖排，文字、标点与第一版大同小异。人民文学出版社有了新的作为，文物出版社也不甘示弱，于 1974 年 12 月出版了一种 12 开宣纸线装本《毛主席诗词三十七首》，字体是集宋黄善夫家塾刻本《史记》字体影印，印数仅 300 册。此版宣纸线装本笔者曾购藏过一册，品相也不错，因嫌书上钤有图书馆馆藏印（我原则上不藏钤有图书馆馆藏印的旧书），加上当时也不知此版印数，便转让出去了。以后再也没有见过此版露面。

1976 年元旦复刊的《诗刊》1976 年 1 月号，发表了毛泽东的词二首《水调歌头·重上井冈山》《念奴娇·鸟儿问答》。至此，毛泽东公开发表的诗词已有 39 首。1976 年 1 月，人民文学出版社将这两首新词与原出版的毛泽东诗词 37 首诗词合编在一起，共 39 首，出版了《毛主席诗词》的新版本。新版本开本为 30 开，封面依然有梅花纹理，扉页依然有"全世界无产者，联合起来！"诗词采用简体字横排，装帧设计无甚新意。此版寒斋藏有一册平装本，聊备一格。与此同时，文物出版社出版了一册 12 开宣纸线装本《毛主席诗词三十九首》，集宋代黄善夫家塾刻本《史记》字体影印，印数530 册。此版笔者也曾购藏过一册，也因同样原因转让出去了，思之怅然。略感欣慰的是，寒斋藏有一册 1977年 8 月上海书画社木板刻印《毛主席诗词三十九首》12开线装毛边纸本，品相为 95 品。此书为名家写刻，古色古香，雅致非常。

1976 年 5 月 1 日，《毛泽东诗词》英译本由北京外文出版社正式出版，有小 8 开特种精装甲种本，小 8 开特种精装乙种本，28 开绸面精装本，28 开平装本，50开平装本。同年 9 月，商务印书馆根据外文出版社《毛泽东诗词》英译本的英译文出版了《毛泽东诗词》英汉对照本。寒斋只藏有这两册英译本的平装本。另还藏有赵甄陶译《毛泽东诗词》的两个版本，一是湖南人民出版社 1980 年 1 版 1 印《毛泽东诗词》英译本，一是湖南师范大学出版社 1992 年 1 版 1 印的《毛泽东诗词》英汉对照本。外文出版社《毛泽东诗词》英译本凝聚了叶君健、钱锺书、赵朴初、乔冠华、袁水拍等学贯中西的大学者十几年的集体智慧，成为转而翻译成所有其他外文的官方蓝本。赵甄陶教授先后在《外语教学与研究》1978 年第 1 期和 1979 年第 2 期发表两篇文章，对外文出版社 1976 年版《毛泽东诗词》英译本的译文提出"商榷"，赵的英译本自然值得关注。韩素音在序言中说："赵教授的这本可能是最好的译本之一。"2014年笔者在长沙师达古旧书店购得一本《〈毛主席诗词〉英汉对照（译文未定稿）》，印刷时间为"一九七四年十一月"。16开本，105页，装帧设计及纸张一如当时印行的《红旗》杂志。书内没有签名，只有数十处修改文字。店主说这本书刚从湖南师范大学收来，有可能是赵甄陶教授旧藏。后来读到叶君健先生一段回忆文字："1974年秋天，袁水拍和我见了面，所谈的第一件事就是如何最后完成毛诗全部译文的定稿工作。他看了一下我在前夕整理出来的译文，说剩下的问题不多，可以和钱锺书和艾德勒作出初步的译文定稿。这项工作不久也完成了。于是袁水拍建议我和他一起去上海、南京、长沙、广州等地，向那里一些大学外语系的师生及有关人士（如毛泽东的老友周世钊老人）征求意见。我们于1975年初出发，头一站是上海，到广州结束，在许多大学里开了一系列的译文讨论会。"（《往事重温》，苑茵著，叶念伦整理，华东师大出版社2008年版。）此本"译文未定稿"就是当年参加长沙译文讨论会的一位人士的旧藏。"译文未定稿"中有许多译者作的注释（包括汉语注释），正式出版时都撤销了。

说到毛泽东诗词英文版，顺便提及笔者珍藏多年的一本藏文版《毛主席诗词》和一本不知是外文还是少数民族文的《毛主席诗词》。藏文版《毛主席诗词》由民族出版社翻译出版，1968年12月1版1印，64开红塑封本。藏文书名烫金，《人民解放军占领南京》手迹塑料凸模热压，文本为藏汉对照，品相如新。另一本不知为哪个国家还是哪个民族文字的《毛主席诗词》出版于1966年，窄型小32开平装本，封面中文书名为郭沫若题字，竖式套红印刷。内文采用一首中文版毛主席诗词（繁体字竖排，一页一首，整首加框）接排此首翻译文字的方式排印。不看翻译文字，也是一册别致的中文版《毛主席诗词》。曾请几位外语教授看过这部奇书，都没弄明白是什么文字。收藏此书，纯属好奇。

1986年9月，人民文学出版社为纪念毛泽东逝世10周年而编辑出版了新编本《毛泽东诗词选》。新编本由邓小平题写书名，胡乔木主持编辑。收入毛泽东诗词50首，按照正、副编的体例编次。正编42首，都是作者生前校订定稿的和正式发表过的，副编8首，内有5首曾陆续见于各种出版物。每首诗词加了尾注，对已发表过的作品注明发表的时间和处所，对初次发表的作品注明根据手稿刊印。有精装本、平装本两种。寒斋藏有一册平装本，1986年9月1版1印，窄型大32开，正文169页，正文前面刊印照片12幅、诗词手迹3幅。

1996年9月，为纪念毛泽东逝世20周年，中共中央文献研究室编辑的《毛泽东诗词集》由中央文献出版社出版。《毛泽东诗词集》在《毛泽东诗词选》的基础上新增收诗词 17 首，收入诗词总数达到 67 首。有精装本、平装本两种，窄型大 32 开，167 页。两种寒斋都有收藏。1997 年 6 月，线装书局出版了宣纸线装本《毛泽东诗词集》一函二册，由江苏广陵古籍刻印社印刷。开本为 28.5 厘米 × 17.5 厘米，繁体字竖排。线装书局版《毛泽东诗词集》与中央文献出版社出版的《毛泽东诗词集》的不同之处，除了表现在装帧设计风格不同之外，还表现在文字内容上有所增补和修改，内容上更完善一些。此版发行量少，寒斋藏有一部。2003 年 12 月，中央文献出版社重印《毛泽东诗词集》，又在线装本的基础上，作了进一步的订正和增补。重印本为 16 开平装本，寒斋也藏有一册。

以中央文献研究室所辑《毛泽东诗词集》为校本，文物出版社和广陵书社又先后推出五种宣纸线装本《毛泽东诗词六十七首》，将毛泽东诗词集的出版推向了一个新的高峰。

1999 年 8 月，文物出版社推出《毛泽东诗词六十七首》集宋黄善夫家塾刻本《史记》字本珍藏版，一函一册，编号发行。文物出版社曾在 1974 年首次出版了以传统珂罗版工艺印刷的集宋黄善夫家塾刻本《史记》字本《毛主席诗词三十七首》，此后又于 1976 年出版了集字本《毛主席诗词三十九首》。而 1999 年出版的《毛泽东诗词六十七首》是在《毛主席诗词三十九首》的基础上增订而成的。这一系列集字本作为文物出版社传统版本，在近四十年中增订印刷，未曾间断，已是经典。寒斋所藏《毛泽东诗词六十七首》集字珍藏版编号为"珍藏本第二四八部"，钤"文物出版社"朱文印。

2001 年 1 月，广陵书社推出《毛泽东诗词六十七首》泥活字本。出版说明写道："广陵书社向以致力传统印刷工艺为己任。当此新千年来临之际，缅怀毛主席，特遴选良工精制泥活字排印《毛泽东诗词六十七首》，以传统工艺印制。"此书为宣纸线装蓝印本，一函一册，杏黄色绫纸书衣，深蓝色布面函套，装帧古朴典雅，印数为 1000 册。寒斋珍藏的一册，为彭令先生所赠。

2007 年 4 月，文物出版社又推出《毛泽东诗词六十七首》宣纸线装木刻朱砂本，一函一册。此书采用上等梨木，聘请从事雕版工艺至少五十年的老师傅，花费近一年时间精心雕刻，手工刷印。所刻字体为标准的长方形宋体字，印刷效果直追宋版。

2013 年 11 月，广陵书社又推出一种《毛泽东诗词六十七首》宣纸线装木刻朱砂本，一函二册。此书约请书法名家写样，延请扬州雕版非遗大师精心雕刻，手工宣纸刷印。寒斋藏有一部，栗色绫纸书衣，白色布面函套。

2013 年 11 月，为纪念毛泽东诞辰一百二十周年，文物出版社隆重推出双版联璧装《毛泽东诗词六十七首》。此双版联璧装包含宣纸线装珂罗版印刷《毛泽东诗词六十七首》朱砂本及宣纸线装雕刻刷印《毛泽东诗词六十七首》朱砂本两种，以楠木书匣收装，限量发行一百二十套。宣纸线装珂罗版朱砂本初版于1999年8月，此次再版所用纸张为文物出版社独家收藏达二十年以上的精品宣纸，采用珂罗版工艺手工印刷。宣纸线装雕版朱砂本初版于2007年4月，此版朱砂本仅刷三百部，之后改为黑墨刷印，故朱砂本可谓绝版。而自2007年发行以来，每年此版朱砂本均为限量出库发行，而今库存仅此一百二十部，故弥足珍贵。无论是传统的珂罗版，还是绝版的雕版朱砂本，均因其工艺传统、用纸讲究、装帧精美、限量发行，极具收藏价值。寒斋及时珍藏了一部，编号为"典藏第壹零陆号"。

说不尽的毛泽东，道不完的毛泽东诗词。目前毛泽东诗词研究者收集到的毛泽东诗词已有一百三十多首。窃以为毛泽东诗词的精品力作到《毛主席诗词三十七首》就已经选得差不多了，此后发表和发现的近百首毛泽东诗词绝大部分只具有文献价值。似可考虑在《毛主席诗词三十七首》的基础上，再增选几首毛泽东诗词的上乘之作（如《贺新郎·别友》《虞美人·枕上》《浣溪沙·和柳亚子先生》《七律·和周世钊同志》《七律·吊罗荣桓同志》《水调歌头·重上井冈山》《七律·洪都》

163

《七律·有所思》），分为"诗编"和"词编"，由人民文学出版社重新编辑出版一部艺术上炉火纯青的《毛泽东诗词选》，以木刻宣纸线装本（繁体字）、特种精装本（繁体字竖排）、特种平装本（繁体字竖排）、普通精装本（简体字横排）、普通平装本（简体字横排）五个版种印行，传诸后世。待到编辑出版《毛泽东全集》时，再将毛泽东的所有诗词编成一部《毛泽东诗词集》，作为全集中的一卷，载入史册。

# 毛泽东诗词版本续谈

《毛泽东诗词版本琐谈》所谈，大都是正规出版单位正式发行的毛泽东诗词集，尚未包括毛泽东诗词手迹、毛泽东诗词歌曲、毛泽东诗词书法、毛泽东诗词篆刻，等等。我将这些"尚未包括"的各类版本称之为毛泽东诗词的另一类版本。略举数种，且为续谈。

## 一、《为毛主席诗词谱曲》黑胶唱片

我不是"黑胶发烧友"，却也珍藏着三张品相很好的老黑胶唱片。一张是《伟大的领袖和导师毛泽东主席讲话录音》（中国唱片社1978年出版），一张是《东方红　大海航行靠舵手（歌曲、乐曲）》（中国唱片社"文革"时期出版），一张是《为毛主席诗词谱曲》（中国唱片社1976年出版）。看着这三张唱片，无需借助黑胶唱机，耳畔就能响起一代伟人熟悉的声音和一个时代熟悉的旋律。

黑胶唱片的封面也可以是一件艺术品。《为毛主席诗词谱曲》的封面就是一件艺术品。浅黄色封面上的深黄色梅花图案，衬托出鲜红的行书大字"为毛主席诗词谱曲"，行书大字的下面是一行深红的英文粗体字；中间部分用黑色长方形宋体字标明七首谱曲的歌名，如同中文期刊的要目；右下角是鲜红的"中国唱片"社标。

《为毛主席诗词谱曲》黑胶唱片分为"为毛主席词二首谱曲（合唱）"和"为毛主席诗词五首谱曲（大合唱）"两大部分。"为毛主席词二首谱曲"由中央乐团集体谱曲，词二首为1976年元旦发表的《水调歌头·重上井冈山》和《念奴娇·鸟儿问答》。"为毛主席诗词五首谱曲"由中央乐团集体谱曲，田丰执笔。诗词五首分别是《沁园春·雪》《渔家傲·反第一次大"围剿"》《忆秦娥·娄山关》《清平乐·六盘山》《七律·人民解放军占领南京》。七首歌曲都由中央乐团演唱并伴奏，严良堃、秋里（《沁园春·雪》）指挥。其中《沁园春·雪》男中音领唱为黎信昌，《清平乐·六盘山》女高音领唱为张乃文。1973年，经周恩来总理亲自选定，《为毛主席诗词五首谱曲》曾被作为接待美国特使基辛格博士的节目之一演出。1976年，《为毛主席词二首谱曲》经常在中央人民广播电台播放。

此张唱片的封套内，除了一张用塑料薄膜包装的黑胶唱片，还有一页毛泽东七首诗词的全文，印制得也非常精美。

### 二、《为毛主席诗词谱曲五首》大合唱总谱

为毛泽东诗词谱曲的歌曲集版本很多，我仅收藏了

一本中央乐团集体创作、田丰执笔的《为毛主席诗词谱曲五首》大合唱总谱（人民音乐出版社 1975 年 11 月 1 版 1 印，16 开平装本）。这本设计端庄、印制精美的总谱，正好可以与《为毛主席诗词谱曲》黑胶唱片配套收藏。

田丰（1935—2001）是一位创作颇丰的中国当代音乐家。20 世纪 70 年代初，有一首家喻户晓的歌曲"东风吹，战鼓擂，现在世界上究竟谁怕谁……"就是出自田丰之手。1970 年田丰创作的《为毛主席诗词谱曲五首》的交响合唱，被誉为"代表了一个时代的高度"，是继《黄河大合唱》之后另一部里程碑式的伟大作品。"文化大革命"时期能出版总谱者凤毛麟角，《为毛主席诗词谱曲五首》大合唱总谱，就是这一时期高规格出版的一部总谱。

总谱由曹洁设计封面和扉页。封面为浅绿色，配以深绿色雪压青松纹理图案，衬托出金黄色书名。扉页上半部分设计了一张卡片式黄色书名页，标以深绿色书名及作者信息。内页仅 31 页简谱曲谱，版式美观大方。五首作品中的《沁园春·雪》《忆秦娥·娄山关》《七律·人民解放军占领南京》合唱，至今仍在重大晚会上演出。《沁园春·雪》男中音领唱，至今仍由杨鸿基、廖昌永等男中音歌唱家演唱，成为家喻户晓的经典歌曲。

### 三、《毛泽东诗词艺术歌曲——廖昌永独唱音乐会》节目单

2012 年 2 月 29 日 19 点 15 分，由中国音乐家协会、中共上海市委宣传部、上海音乐学院联合主办的"毛泽东诗词艺术歌曲——廖昌永独唱音乐会"在上海文化广场拉开帷幕。男中音歌唱家廖昌永用美声唱法演唱了《沁园春·雪》等 16 首毛泽东诗词艺术歌曲。本场音乐会的节目单是一册可与文物出版社等出版单位出版的毛泽东诗词宣纸线装本比美的宣纸线装本《毛泽东诗词艺术歌曲——廖昌永独唱音乐会》。此册宣纸线装本长 30 厘米，宽 18.5 厘米，红色绫纸书衣，白色绫纸签条，丝线明订；内页为上好宣纸，繁体竖排本次演唱会演唱的毛泽东 16 首诗词原作，并插入相应的手迹、照片。在欣赏歌唱家美轮美奂的演唱时，翻看相应的毛泽东诗词原作、手迹、照片，确实能激发多重艺术的叠加效应。将节目单做成宣纸线装本，可谓匠心独运。

据《文汇报》报道，唱了多年西洋歌剧的廖昌永近年来频频"转身"，他在自己的独唱音乐会上唱起了《沁园春·雪》等毛泽东诗词。笔者曾多次在电视节目中听到廖昌永演唱的由田丰作曲的《沁园春·雪》，每听一次都是一种艺术享受。廖昌永认为，毛泽东诗词反映了中华民族的文化自信，是近代史上的一座高峰，毛泽东诗词歌曲是可以千秋万代传承的中国经典艺术歌曲

精品。2016年，廖昌永又着手筹划了一场毛泽东诗词演唱会。如果这场演唱会也有一册独具匠心的节目单，我将乐于收藏一份。

## 四、《毛泽东诗词鉴赏》真丝印本

我不收藏毛泽东诗词鉴赏类书籍，买下这部扉页即标明"定价壹仟捌佰捌拾元"的《毛泽东诗词鉴赏》豪华丝绸珍藏本，完全是冲着这部书的印制工艺——真丝印本。

这部书由一家名为"吴越丝艺"的公司印制，既无公司全称、公司地址、印制时间，也无书号。外包装是一个长30厘米、宽19.5厘米、厚4厘米的仿红木书匣。拉开书匣顶板，是一册长27.5厘米、宽17厘米、厚1.5厘米的深红色绸面精装本。翻开精装本，是35页（双面折为一页）上等丝绸面料的书页。每张正文书页按标准的线装本版式设计，用双红线围框。首尾两页正反面是毛泽东彩色照片两幅，黑白照片两幅。首页后面是目录页。目录页后面是32页正文，收《虞美人·枕上》《菩萨蛮·黄鹤楼》《忆秦娥·娄山关》《七律·长征》《清平乐·六盘山》《沁园春·雪》《七律·人民解放军占领南京》《浣溪沙·和柳亚子先生》《浪淘沙·北戴河》《五律·看山》《七律·莫干山》《七绝·五云山》《水调歌头·游泳》《蝶恋花·答李淑一》《七律·到韶山》《七律·登庐山》《七律·和郭沫若同志》，共计17首。每首诗词分三个版块：诗词原文、题解、手迹。所选诗词的标准未见编者说明，似乎以毛泽东诗词中的山水诗居多。此书既有高级丝绸的细腻光泽，又有现代文明的高雅品位。

### 五、李立刻印《毛主席诗词印谱选》宣纸线装本

李立刻印《毛主席诗词印谱选》，湖南人民出版社1979年1月1版1印。平装本见过几本，宣纸线装本仅见此一部。

宣纸线装本《毛主席诗词印谱选》分为上、下两集，线装两册，长27厘米，宽15.5厘米，瓷青色书衣，丝线明订，绫纸包角。

李立先生是齐白石先生的高足，《毛主席诗词印谱选》是李立先生出版的第一部篆刻作品集，扉页当然要印上白石先生题写的"李立刻印 九十五岁白石题"。书名由沈雁冰题写。全书共收入作者为毛泽东10首诗词《贺新郎》《沁园春·长沙》《蝶恋花·答李淑一》《七律·到韶山》《七律·答友人》《如梦令·元旦》《浪淘沙·北戴河》《七绝·为女民兵题照》《卜算子·咏梅》《满江红·和郭沫若同志》全文及部分诗词选句所作篆刻一百七十余方，将毛泽东气势雄伟的不朽诗篇的崇高意境表现在金石作品中，可谓"方寸之石，气象万千"。

此书版式设计也很独到，每页作品用绿色粗线条围框，每页钤入一至两枚红色篆刻诗词名句，边框外再释

以绿色仿宋体印文，仿佛绿叶衬红花，更加鲜艳夺目。

**六、毛主席手书诗词单页、套装**

文物出版社从 1965 年开始影印出版毛泽东诗词手迹，都是单独将一首首诗词以多种不同的版种开本，用单页或套装印刷发行。

据查《文物出版社图书总目（1957—1987）》，文物出版社 1965 年至 1968 年影印出版毛泽东诗词手迹共计 15 首：《沁园春·长沙》《菩萨蛮·黄鹤楼》《西江月·井冈山》《清平乐·蒋桂战争》《采桑子·重阳》《清平乐·会昌》《忆秦娥·娄山关》《七律·长征》《清平乐·六盘山》《沁园春·雪》《七律·人民解放军占领南京》《水调歌头·游泳》《蝶恋花·答李淑一》《七绝·题庐山仙人洞照》《满江红·和郭沫若同志》。印刷发行的版种开本有：放大宣纸珂罗版影印套装、装裱宣纸珂罗版影印横幅（立轴）、2 开凹版影印单页、3 开宣纸珂罗版影印单页、2/3 开双色凹版影印单页、4 开凹版影印单页、4 开宣纸珂罗版影印单页、6 开凹版影印单页、6 开宣纸珂罗版影印单页、8 开凹版影印单页、8 开宣纸珂罗版影印单页、32 开凹版影印套装、36 开凹版影印单页。其中，放大宣纸珂罗版影印套装仅有《清平乐·六盘山》和《水调歌头·游泳》两首，每首仅印 50 套。32 开凹版影印套装仅有《清平乐·蒋桂战争》（1 套 5 张）、《采桑子·重阳》（1 套 5

张 )、《忆秦娥·娄山关》( 1 套 3 张 )、《七律·长征》( 1
套 7 张 )、《七绝·题庐山仙人洞照》( 1 套 4 张 ) 5 首。
除《七律·长征》印数为 106000 套外，其余 4 首印数
均为 53000 套。

36 开凹版影印单页印有红色和黑色两种，均为
1967 年 6 月第一版，每首印数都在 300 万张以上。《文
物出版社图书总目（1957—1987）》著录 36 开凹版影
印单页只出了 15 首，而单页书号却编列为 1068.1—
1068.20，似乎出了 20 首。我花了十多年时间只收集到
全品相 36 开单页红印、黑印各 15 张，与《文物出版社
图书总目（1957—1987）》著录一致。但与单页所编书
号对照，似乎还差 5 张。

32 开凹版影印套装 5 种，统一设计为三折式简易
函套内装数页手迹单页，数页手迹单页拼接即为一幅横
幅。折为函套封面的一页左上部分设计一红色签条，标
明"毛主席诗词"，并用小号字体双竖行标明诗词篇名；
折为函套封底的一页底部设计为版权页；折向里面的函
套一页用双红线围框加栏，繁体竖排诗词手迹原文。每
种套装外观酷似当时流行的毛著单行本，函套及内页均
用胶版纸印刷，美观大方。我曾集齐九品以上全套 5 种
32 开凹版影印套装，总觉品相还不够，转让出去了。要
想再集齐全品相的全套 5 种，恐怕是难上加难了。

# 鲁迅诗集版本随谈

　　鲁迅虽然不以诗人名世，一生写作旧体诗也不多，但"偶有所作，每臻绝唱"（郭沫若语），影响极大。他的《自嘲》《为了忘却的纪念》等后唐宋体开先河之作，更是直接影响了以杂文入诗的聂绀弩、杨宪益等后唐宋体诗派代表性诗人。套用胡乔木关于"毛主席的诗词将比他的文章更能传诸后世"的观点，鲁迅的旧体诗也将比他的杂文更能传诸后世。

　　鲁迅的旧体诗，多数是在有人请他写字的时候随手写出来的。生前除《集外集》曾集中发表过十四首外，大都是去世后才从《日记》或诗笺持有者手中辑录出来的。1959 年 3 月，文物出版社木板刻印的线装本《鲁迅诗集》，应是第一部完整的鲁迅诗集。寒斋藏有这部诗集 1959 年 3 月第 1 版第 1 次印刷和 1963 年 12 月第 1 版第 2 次印刷的两个版本。

　　1959 年 3 月第 1 版第 1 次印刷的《鲁迅诗集》线装本，开本为 18 开，尺寸为 23.8 厘米 ×15 厘米，版心为 15 厘米 ×10 厘米。瓷青色书衣，深黄色洒金签条，<u>丝线</u>明订。内页为上等宣纸，集宋版字体刻印，繁体字竖排，48页。书末刻有牌记"一九五九年三月文物出版社刻印"。诗集共收鲁迅旧体诗47题54首：《自题小像》《哀范君三章》《送O·E·君携兰归国》《无题（大野多钩棘）》《赠日本歌人》《湘灵歌》《无题（大江日夜向东流）》、其二（雨花台边埋断戟）、《送增田涉君归国》《无题（血沃中原肥劲草）》《偶成》《一二八战后作》《自嘲》《教授杂咏四首》《所闻》《无题（故乡黯黯锁玄云）》、其二（皓齿吴娃唱柳枝）、《无题（洞庭木落楚天高）》《答客诮》《二十二年元旦》《赠画师》《为了忘却的纪念》《题〈呐喊〉》《题〈彷徨〉》《悼杨铨》《题三义塔》《无题（禹域多飞将）》《赠人》、其二、《无题（一枝清采妥湘灵）》《无题（烟水寻常事）》《阻郁达夫移家杭州》《赠邬其山》《报载患脑炎戏作》《无题（万家墨面没蒿莱）》《秋夜有感》《亥年残秋偶作》。附录：《别诸弟三首》（庚子二月）、《莲蓬人》《庚子送灶即事》《别诸弟三首》（辛丑二月并跋）、《惜花四首》。此版仅印1000册，是毛泽东晚年的案头枕边书。这本诗集，"毛泽东从头到尾都读过。从批画的笔迹和留下的种种标记来看，有的诗篇毛泽东反复读过多遍，其中不少诗他能随口流利地背诵出来"。（徐中远著《毛泽东晚年读书纪实》，中央文献出版社2012年1版1印，第203页。）

1963年12月第1版第2次印刷的《鲁迅诗集》线

装本，开本、版心、页数与 1959 年 3 月第 1 版第 1 次印刷的《鲁迅诗集》线装本一致，只是尺寸略大一些，为 25.3 厘米 ×16.2 厘米。书末改牌记为版权页，标明印数为"1000—7000 册"。有宣纸本和玉扣纸本两种。寒斋所藏一册为宣纸本，纸张较 1 版 1 印略次。

两个版次的《鲁迅诗集》木刻线装本，其出版规格仅次于文物出版社 1958 年木刻线装本《毛主席诗词十九首》。也许就是在出版规格这个层面上，旧体诗词界有"鲁诗毛词"并称之说。

第二部完整的《鲁迅诗集》（只收鲁迅旧体诗）我以为应是湖南人民出版社 1986 年 8 月 1 版 1 印的 36 开平装本《鲁迅诗集》。文物出版社出版的《鲁迅诗集》线装本没有出版说明，也没有注明编辑者。湖南人民出版社出版的《鲁迅诗集》有朱正先生写的"编后"，道明了此书编者为朱正本人。朱正先生 1956 年在作家出版社出版了一本《鲁迅传略》，1979 年后又在自己供职的湖南人民出版社出版了《鲁迅回忆录正误》和《鲁迅手稿管窥》。1981 年曾借调到人民文学出版社鲁迅著作编辑室，参加了《鲁迅全集》十六卷本的编注工作。这本《鲁迅诗集》正是朱正先生在鲁迅研究领域厚积薄发的重要成果。

这本薄薄 60 页的《鲁迅诗集》平装本素面朝天，仅印"鲁迅诗集　叶圣陶题"一大一小两行深蓝色繁体竖排楷书题签，"叶圣陶题"下端钤"圣陶"白文印。

关于书名，朱正先生"编后"开头有段说明：

"这本诗集曾经想题作《鲁迅旧体诗集》的，请叶先生题签，叶先生复信说：嘱书书名，我以为'旧体'二字似不必用。假如作新体诗者出诗集，殆亦不标明某某新体诗集。鲁翁固曾作新体，然新青年时期之后不复有所作，似不必特示区别。以故我仅书四字，未书旧体二字。"

这本《鲁迅诗集》共收鲁迅旧体诗45题58首：《别诸弟三首》（庚子二月）、《莲蓬人》《庚子送灶即事》《别诸弟三首》（辛丑二月　并跋）、《惜花四律　步藏春园主人元韵》《二十一岁时作》《哀范君三章》《题赠冯蕙熹》《赠邬其山》《悼柔石》《送O·E·君携兰归国》《赠日本歌人》《无题（大野多钩棘）》《湘灵歌》《无题（大江日夜向东流）》《无题（雨花台边埋断戟）》《送增田涉君归国》《答客诮》《无题（血沃中原肥劲草）》《偶成》《赠篷子》《一二八战后作》《自嘲》《教授杂咏四首》《所闻》《无题（故乡黯黯锁玄云）》《无题（皓齿吴娃唱柳枝）》《无题（洞庭木落楚天高）》《赠画师》《二十二年元旦》《题〈呐喊〉》《题〈彷徨〉》《悼丁君》《赠人二首》《无题（一枝清采妥湘灵）》《酉年秋偶成》《阻郁达夫移家杭州》《报载患脑炎戏作》《戌年初夏偶作》《秋夜有感》《题〈芥子园画谱三集〉赠许广平》《亥年残秋偶作》。诗的标题，《集外集》所收各首诗题均系作者自定，当然照旧；《集外集拾遗》系作者身后编定，诗题多为编者所拟，似不尽恰当，此书有所订正。书中没有作注，只作了少许校记，记下各本（各种手迹）的文字异同。

此书印数为3660册，寒斋藏有三册，均为十品。

鲁迅诗集注释本寒斋仅藏有两种。一种是张向天著《鲁迅旧诗笺注》，一种是宋谋玚著《鲁迅旧体诗集校注》未刊油印本，均于几年前得之于冷摊。

张向天著《鲁迅旧诗笺注》是对鲁迅旧体诗研究得最早又最详尽的一部专著。此书由广东人民出版社1959年8月1版1印，1962年9月出版修订本，1964年3月出版重新修订本。寒斋所藏即为1964年3月重新修订本。

《鲁迅旧诗笺注》所辑鲁迅旧体诗共有48题66首，都按作诗的时代先后加以排比。各诗于最初所发表的文集的集名，均注在每首诗题之下。每诗之后，附以《鲁迅日记》中有关的资料，作为该诗的主要说明或考订的重要依据。其次附以说明，分析作诗的时代背景。如有当时代人的重要说明、评语，也要尽可能搜集列出，并注明来源，是为笺。笺语之后，附以详细的字、句注释；如诗中用语系出自古籍，某书某篇，某人注疏，亦均搜集，注明出处，是为注。笺注之后，又将全诗概括大意，用现代语译出。

此书后来又出了香港版，由香港雅典美术印制公司出版重订本，上册于 1972 年 6 月出版，下册于 1973 年 4 月出版。香港本由作者再次作了重大修改，补充了大量材料。如有机会，当购藏一部。

宋谋玚著《鲁迅旧体诗集校注》油印本印成于 1973 年 2 月，系湖南一家出版社一名资深编审的旧藏，封面左下角签有这位编审的名字和日期（1978 年 2 月 18 日）。

宋谋玚，湖南双峰县人，1928 年生，毕业于民国大学，曾任教于山西大学、晋东南师范专科学校，参加过南社湘集，有《柳条春半楼诗稿》收入《倾盖集》1984 年由福建人民出版社出版。

远在张向天《鲁迅旧诗笺注》刚在《诗刊》上连载的时候，宋谋玚就开始了注释鲁迅旧体诗的工作，断断续续进行了十三四年，前后修订了七次，初稿 1961 年在山西完成，七稿到 1972 年才在湖南写就。1973 年总算找到一个出版的机会，便油印了这部书稿。书稿总共收辑鲁迅旧体诗 51 题 66 首，以许寿裳先生最初为这部诗集所命的名字《鲁迅旧体诗集》作为书名。本集所收旧体诗排列次序，以写作年月为准，同日各作，则按《日记》中存稿所列次序排列。以人民文学出版社《鲁迅全集》为底本，以《鲁迅日记》《鲁迅书简》和上海人民美术出版社《鲁迅诗稿》三书进行校勘。注释体例，则先考证写作时地，次疏解大意，次注释文字。书稿中部分内容曾先后征求过郭沫若、沈雁冰、周建人、周振甫等人意见，都收到了回复。

这样一部"旅途三千余里，延续十二三年，虽不到'字字看来都是血'，可也曾'十年辛苦不寻常'"（作者前言）的书稿，最终却未能出版。姚奠中先生在《诗文杂录》（商务印书馆2015年1版1印）一书中为此慨叹不已：

"我和宋谋玚同志相识，大约是1963年的秋天。记得他那时是解决了'57年问题'后，住在太原的一个招待所，等待新派工作。他来看我，我们便一见如故。

"后来他被派到山西大学中文系，接着被分到习作教研室。来山大，他是满意的；搞习作，却不合他的胃口。由于谋玚同志是个志气恢宏、胸无城府、心直口快、少所回忌的人，他自以为并未伤害别人，但却不容于众口，遂于1965年秋下放到长冶地区教师进修学校。次年便是'十年浩劫'，他被赶到湖南老家，受尽摧残。可是他在'劳动改造'之余，居然完成了鲁迅旧体诗的注释十余万言，并和一些著名人物进行了书信商讨。1972年全国各校重新招生，他不久回到了长冶。但在学校仍不得上课，让他看大门。他于是有暇展开了学术活动。他曾把几首写《红楼梦》的诗寄给我，我回了一首小诗以代柬：'不见宋生久，轶才最可识。漫天风雨霁，拭目看新诗'。听说他贴在传达室的墙上。后来他到了太原，又在我家里见了面，依然谈笑风生。尽管周围'左'的压力还不小，而他却处之泰然，并幽默地自喻为'夷门监者'。使我钦佩的则是他的《鲁迅旧体诗注》。我看了全稿，也看了茅盾、周振甫诸公对他的著作所做充分肯定的信札，认为应该争取尽早出版。他说湖南出版社已接受，但过了很久，消息却变了，得到的是种种托词。为了使他的稿子出版，我把它交给副省长王中青，请给予帮助，可是最后还是落了空。

"最后，我还是殷切地希望见到他的《鲁迅旧体诗注》出版。"

寒斋所藏这本《鲁迅旧体诗集校注》油印本也许一不小心就成了"孤本"。

# "骆驼丛书"出书知多少

"骆驼丛书"是朱正先生担任湖南人民出版社总编辑期间主持编辑出版的一套"专收档次很高、字数不多的书稿"（朱正语）的高品位丛书，可与"走向世界丛书"比美。自 1985 年 5 月至 1989 年 5 月，总共出书 27 种，总计印数 11.039 万册。

现将全套"骆驼丛书"书名、作者、出版时间、印数、定价列示如下：

| 记钱锺书与《围城》 | 杨绛 | 1986.5 | 1 万册 | 0.4 元 |
| 回忆两篇 | 杨绛 | 1986.5 | 1 万册 | 0.66 元 |
| 千秋鉴借吾妻镜 | 钟叔河 | 1986.5 | 0.3 万册 | 1.45 元 |
| 早岁 | 黎澍 | 1986.6 | 0.31 万册 | 0.89 元 |
| 勿忘草 | 舒芜 | 1986.6 | 0.311 万册 | 0.74 元 |
| 晦庵序跋 | 唐弢 | 1986.8 | 0.447 万册 | 1.1 元 |
| 周作人概观 | 舒芜 | 1986.8 | 0.437 万册 | 0.8 元 |
| 锦绣河山 | 徐铸成 | 1986.9 | 0.46 万册 | 2 元 |
| 我的日记 | 刘宾雁 | 1986.9 | 1.01 万册 | 1 元 |
| 审干杂谈 | 曾彦修 | 1986.9 | 0.35 万册 | 0.6 元 |

| 日记悲欢 | 乐秀良 | 1986.10 | 0.45 万册 | 0.72 元 |
|---|---|---|---|---|
| 晚春的旅行 | 黄裳 | 1986.10 | 0.25 万册 | 1.2 元 |
| 负暄录 | 黄裳 | 1986.12 | 0.26 万册 | 1.25 元 |
| 惊弦集 | 黄裳 | 1986.12 | 0.18 万册 | 1.2 元 |
| 纸壁斋续集 | 荒芜 | 1987.1 | 0.45 万册 | 0.8 元 |
| 记冰心 | 周明 | 1987.7 | 0.36 万册 | 0.62 元 |
| 魑魅世界 | 丁玲 | 1987.7 | 1.25 万册 | 1.65 元 |
| 搬家史 | 萧乾 | 1987.8 第一版 | 0.4 万册 | 0.83 元 |
| | | 1988.10 第二版 | 0.217 万册 | 1.5 元 |
| 苔纹集 | 林锴 | 1988.1 | 0.14 万册 | 3.2 元 |
| 论中国文化对人的设计 | 刘再复 林岗 | 1988.3 | 0.875 万册 | 0.85 元 |
| 杂文杂谈 | 牧惠 | 1988.4 | 0.395 万册 | 0.97 元 |
| 你生命中那时光 | 孟晓云 | 1988.4 | 0.368 万册 | 1.95 元 |
| 追逐魔鬼挝住上帝 | 戴晴 | 1988.5 | 0.321 万册 | 1.2 元 |
| 耕堂序跋 | 孙犁 | 1988.9 | 0.187 万册 | 1.9 元 |
| 论历史的创造及其他 | 黎澍 | 1988.9 | 0.152 万册 | 2.15 元 |
| 玉尹残集 | 郑超麟 | 1989.5 | 0.07 万册 | 1.8 元 |
| 往事长短录 | 李锐 | 1989.5 | 0.089 万册 | 3.5 元 |

"骆驼丛书"给读书界、藏书界的总体印象是"档次很高",二十多年前深受读者喜爱,二十多年后仍受读者追捧。

"档次很高"的标志之一是作者阵容。时隔二十多年后,朱正先生在《编书三十年》一文中回顾"骆驼丛书"的编发时写道："回想起来，只说一说作者的阵容，也就足以使我这个编者自鸣得意了。"丛书作者共23位，全是当时极负盛名的实力派作家、学者。其中出书最多的是黄裳（三本）。出书两本的也有三位：杨绛、黎澍、舒芜。两人合著的只有一本（刘再复、林岗）。作者年岁最大的是郑超麟，时年89岁，30年代担任过陈独秀的秘书，是阅世极深的文化老人。年岁最轻的是戴晴，一位颇富轰动效应的当红作家。风头正健的丁玲、萧乾、刘宾雁、李锐、黎澍、曾彦修、黄裳、荒芜、钟叔河，都曾被划为右派，或被定为右倾，都是名副其实的"骆驼"。

"档次很高"的标志之二是书稿内容。这套丛书全为非虚构类的纪实性作品，以散文随笔集居多。《回忆两篇》《记钱锺书与〈围城〉》《晚春的旅行》《负暄录》《惊弦集》等，是狭义的散文集。《晦庵序跋》《耕堂序跋》是广义的散文集。《你生命中那时光》属于报告文学集，也可归属于散文集。《周作人概观》说是学术专著也可申报科研成果，说是随笔集也可获得创作奖。这些散文随笔集，"既是优美的散文，也是珍贵的史料"（朱正语），可以起到"存史"的作用。《玉尹残集》《苔纹集》《纸壁斋续集》虽是旧体诗词集，也都是作者坎坷经历的书写和真情实感的抒发，可以起到"证史"的作用。书稿确实"字数不多"。最多的是《千秋鉴借吾妻镜》，

16.1 万字；最少的是《记钱锺书与〈围城〉》，1.6 万字。

"档次很高"的标志之三是装帧设计。全套丛书由胡杰装帧设计。封面用纸为典雅的赤橙黄绿四色正布纹纸，开本为精致的 36 开。封面右上角为统一设计的骆驼图案，图案右侧为"骆驼丛书"四个汉字竖排，图案下侧为"骆驼丛书"拼音文字横排。书名题字统一为行书或行楷，竖排在骆驼图案的下方（占封面全页的中间偏右位置）。书名除了钱锺书、徐铸成、王元化、李锐等名人自题或题写，多由范寅铮书写，一色漂亮的行楷。

值得一提的还有，全套"骆驼丛书"由朱正先生亲任责任编辑的占了半数，既可见朱正先生当了总编辑不以"脱产干部"自居，仍然编书之勤，也可见这套丛书编校质量之高。

"骆驼丛书"除了萧乾的《搬家史》印了两版，全为一版一印。印数最多的是丁玲的《魍魉世界》，1.25 万册；印数最少的是郑超麟的《玉尹残集》，仅印 700 册，成了藏书界一书难求的"大缺本"。

# "三峡工程" 尽收眼底

人民文学出版社从 1993 年开始出版的 "世界文学名著文库" 是一套高规格、高品位的大型文学丛书。到 2002 年 4 月全部出齐，总共出版 200 种、229 卷，被称为文学出版中的 "三峡工程"。

印刷在每一种 "文库本" 扉页反面的《世界文学名著文库》广告语非常精准地概括了这套 "文库" 的选题特色：本文库旨在汇总世界文学创作的精华，全面反映包括我国在内的世界文学的最高成就，为读者提供世界第一流的文学精品。它以最能代表一个时代文学成就的长篇小说为骨干，同时全面地反映其他体裁如中短篇小说、诗歌、散文、戏剧、童话、寓言等各方面最优秀的成果。选收作品的时限，外国文学部分，自古代英雄史诗至第二次世界大战结束；中国文学部分，自《诗经》至中华人民共和国成立。它是包容古今、囊括中外的珍贵的文学图书系统。

1996 年 4 月 22 日《光明日报》第八版（广告版）以整版篇幅刊登了 "人民文学出版社建社四十五周年重

点图书"，其中五分之三的篇幅就是"世界文学名著文库（总目）"。这个总目列示了"世界文学名著文库"已出和即出的 200 种、229 卷的书名、作者、译者。这份《光明日报》我一直珍藏着，每购进一种"世界文学名者文库"，我就在总目的书名前画一个红圈。直到收齐了全套"文库"，我才发现，原计划出版的 6 种名著没有出版，它们是：《伏尔泰小说选》，傅雷译；《拉摩的侄儿　定命论者雅克和他的主人》，〔法〕狄德罗著，袁树仁、匡明译；《新爱洛伊丝》，〔法〕卢梭著，袁树仁译；《泰绮丝　诸神渴了》，〔法〕法朗士著，李恒基译；《坎特伯雷故事集》，〔英〕乔叟著，王永年译；《董贝父子》(上、下)，〔英〕狄更斯著，杨绛、薛鸿时译。取而代之的 6 种名著是：《古希腊散文选》，〔古希腊〕柏拉图等著，水建馥译；《古罗马戏剧选》，〔古罗马〕普劳图斯等著，杨宪益、杨周翰、王焕生译；《埃涅阿斯纪》，〔古罗马〕维吉尔著，杨周翰译；《变形记》，〔古罗马〕奥维德著，杨周翰译；《狄德罗小说选》，吴达元等译；《尤利西斯》(上、下)，〔爱尔兰〕乔伊斯著，金隄译。《法国中世纪骑士文学》出版时更名为《罗兰之歌　特利斯当与伊瑟　列那狐的故事》。

　　200 种"世界文学名著文库"中，102 种为第 1 版第 1 次印刷，98 种为从人民文学出版社建社以来初版的世界文学名著中收入"世界文学名著文库"的。现将全套"世界文学名著文库"的书名、作者、译者、版次、印数列示如下。

## 一、古希腊文学名著（4种）

《伊利亚特》，〔古希腊〕荷马著，罗念生、王焕生译，1994年11月北京第1版第1次印刷，印数5000册。

《奥德赛》，〔古希腊〕荷马著，王焕生译，1997年5月北京第1版第1次印刷，印数3000册。

《古希腊戏剧选》，〔古希腊〕埃斯库罗斯等著，罗念生等译，1998年2月北京第1版第1次印刷，印数5000册。

《古希腊散文选》，〔古希腊〕柏拉图等著，水建馥译，2000年12月北京第1版第1次印刷，印数3000册。

## 二、古罗马文学名著（3种）

《古罗马戏剧选》，〔古罗马〕普劳图斯等著，杨宪益、杨周翰、王焕生译，1991年1月北京第1版，2000年12月北京第1次印刷，印数3000册。

《埃涅阿斯纪》，〔古罗马〕维吉尔著，杨周翰译，1984年3月北京第1版，2000年12月北京第1次印刷，印数3000册。

《变形记》，〔古罗马〕奥维德著，杨周翰译，1984年5月北京第1版，2000年12月北京第1次印刷，印数3000册。

### 三、法国文学名著（29种）

《巨人传》，〔法〕拉伯雷著，鲍文蔚译，1983年4月北京第1版，1998年2月北京第1次印刷，印数5000册。

《吉尔·布拉斯》，〔法〕勒萨日著，杨绛译，1956年1月北京第1版，1962年9月北京第2版，1994年5月北京第1次印刷，印数5000册。

《波斯人信札》，〔法〕孟德斯鸠著，罗大冈译，1958年3月北京第1版，2000年12月北京第2版，2000年12月北京第1次印刷，印数3000册。

《狄德罗小说选》，吴达元等译，2001年12月北京第1版第1次印刷，印数2000册。

《忏悔录》，〔法〕卢梭著，黎星、范希衡译，1982年9月北京第1版，1994年11月北京第1次印刷，印数3000册。

《红与黑》，〔法〕司汤达著，张冠尧译，1999年1月北京第1版，1999年7月北京第1次印刷，印数5000册。

《欧也妮·葛朗台　高老头》，〔法〕巴尔扎克著，傅雷译，1980年3月北京第1版，1994年11月北京第1次印刷，印数20000册。

《幻灭》，〔法〕巴尔扎克著，傅雷译，1989年9月北京第1版，1995年9月北京第2次印刷，印数20000册。

《驴皮记 绝对之探求》，〔法〕巴尔扎克著，梁均、王文融译，1996年11月北京第1版第1次印刷，印数5000册。

《贝姨》，〔法〕巴尔扎克著，傅雷译，1989年9月北京第1版，1994年4月北京第2次印刷，印数10000册。

《悲惨世界》（上、中、下），〔法〕雨果著，李丹、方于译，1992年6月北京第1版，1994年11月北京第1次印刷，印数20000册。

《巴黎圣母院》，〔法〕雨果著，陈敬容译，1982年6月北京第1版，1994年5月北京第1次印刷，印数20000册。

《九三年》，〔法〕雨果著，郑永慧译，1957年5月北京第1版，1996年2月北京第2版，1996年11月北京第1次印刷，印数5000册。

《雨果诗选》，程曾厚译，2000年12月北京第1版第1次印刷，印数3000册。

《基度山伯爵》（上、下），〔法〕大仲马著，蒋学模译，2001年12月北京第1版第1次印刷，印数3000册。

《梅里美中短篇小说集》，张冠尧译，1997年8月北京第1版，1998年2月北京第1次印刷，印数5000册。

《田园三部曲》，〔法〕乔治·桑著，罗旭、徐和瑾、陈丰译，2000年12月北京第1版第1次印刷，印数3000册。

《恶之花　巴黎的忧郁》，［法］波德莱尔著，钱春绮译，1991 年 4 月北京第 1 版，1998 年 2 月北京第 1 次印刷，印数 5000 册。

《包法利夫人　三故事》，［法］福楼拜著，张道真、刘益庾译，1998 年 10 月北京第 1 版第 1 次印刷，印数 5000 册。

《卢贡大人》，［法］左拉著，刘益庾译，1986 年 11 月北京第 1 版，1994 年 11 月北京第 2 次印刷，印数 10000 册。

《萌芽》，［法］左拉著，黎柯译，1982 年 9 月北京第 1 版，1994 年 11 月北京第 1 次印刷，印数 20000 册。

《金钱》，［法］左拉著，金满成译，1958 年 8 月北京第 1 版，1980 年 8 月北京第 2 版，1998 年 2 月北京第 1 次印刷，印数 5000 册。

《一生　漂亮朋友》，［法］莫泊桑著，盛澄华、张冠尧译，1984 年 1 月北京第 1 版，1995 年 9 月北京第 2 次印刷，印数 20000 册。

《莫泊桑中短篇小说选》，郝运、赵少侯译，1981 年 12 月北京第 1 版，1996 年 11 月北京第 1 次印刷，印数 5000 册。

《约翰·克利斯朵夫》(上、下)，［法］罗曼·罗兰著，傅雷译，1957 年 1 月北京第 1 版，1997 年 11 月北京第 1 次印刷，印数 5000 册。

《罗兰之歌 特利斯当与伊瑟 列那狐的故事》，杨宪益、罗新璋译，2000 年 12 月北京第 1 版第 1 次印刷，印数 3000 册。

《高乃依 拉辛戏剧选》，张秋红等译，2001 年 12 月北京第 1 版第 1 次印刷，印数 2000 册。

《莫里哀喜剧选》，赵少侯等译，2001 年 12 月北京第 1 版第 1 次印刷，印数 2000 册。

《博马舍戏剧二种》，吴达元译，2001 年 12 月北京第 1 版第 1 次印刷，印数 2000 册。

### 四、俄国文学名著（24 种）

《普希金小说戏剧选》，卢永选编，智量等译，1994 年 11 月北京第 1 版第 1 次印刷，印数 4000 册。

《普希金诗选》，卢永选编，王士燮等译，1996 年 11 月北京第 1 版第 1 次印刷，印数 4000 册。

《死魂灵》，〔俄〕果戈理著，满涛、许庆道译，1983 年 9 月北京第 1 版，1995 年 8 月北京第 1 次印刷，印数 15000 册。

《果戈理小说选》，满涛译，1979 年 4 月北京第 1 版，1996 年 11 月北京第 1 次印刷，印数 5000 册。

《奥勃洛莫夫》，〔俄〕冈察洛夫著，陈馥、郑揆译，1997 年 5 月北京第 1 版第 1 次印刷，印数 5000 册。

《莱蒙托夫诗选 当代英雄》，余振、顾蕴璞、翟松年译，1997 年 5 月北京第 1 版第 1 次印刷，印数 5000 册。

《罗亭　贵族之家》，〔俄〕屠格涅夫著，磊然译，1996 年 11 月北京第 1 版第 1 次印刷，印数 5000 册。

《前夜　父与子》，〔俄〕屠格涅夫著，丽尼、巴金译，1979 年 9 月北京第 1 版，1994 年 5 月北京第 1 次印刷，印数 10000 册。

《猎人笔记》，〔俄〕屠格涅夫著，丰子恺译，1955 年 11 月北京第 1 版，1962 年 12 月北京第 2 版，1991 年 2 月北京第 3 版，1997 年 11 月北京第 1 次印刷，印数 5000 册。

《谁在俄罗斯能过好日子》，〔俄〕涅克拉索夫著，飞白译，1998 年 2 月北京第 1 版第 1 次印刷，印数 5000 册。

《冯维辛　格里鲍耶陀夫　果戈理　苏霍沃—柯贝林戏剧选》，侯焕闳等译，1997 年 11 月北京第 1 版第 1 次印刷，印数 5000 册。

《卡拉马佐夫兄弟》(上、下 )，〔俄〕陀思妥耶夫斯基著，耿济之译，1981 年 8 月北京第 1 版，1994 年 5 月北京第 1 次印刷，印数 12000 册。

《罪与罚》，〔俄〕陀思妥耶夫斯基著，朱海观、王汶译，1982 年 10 月北京第 1 版，1994 年 11 月北京第 1 次印刷，印数 30000 册。

《白痴》，〔俄〕陀思妥耶夫斯基著，南江译，1989 年 3 月北京第 1 版，1994 年 5 月北京第 1 次印刷，印数

10000 册。

《陀思妥耶夫斯基中短篇小说选》，文颖等译，1997年 5 月北京第 1 版第 1 次印刷，印数 3000 册。

《怎么办？》，〔俄〕车尔尼雪夫斯基著，蒋路译，1953 年 9 月北京第 1 版，1959 年 9 月北京第 2 版，1990 年 2 月北京第 3 版，1996 年 11 月北京第 1 次印刷，印数 5000 册。

《戈洛夫廖夫老爷们 童话集》，〔俄〕谢德林著，杨仲德、张孟恢译，1998 年 10 月北京第 1 版第 1 次印刷，印数 3000 册。

《战争与和平》(上、下)，〔俄〕列夫·托尔斯泰著，刘辽逸译，1989 年 7 月北京第 1 版，1994 年 5 月北京第 1 次印刷，印数 15000 册。

《安娜·卡列宁娜》(上、下)，〔俄〕列夫·托尔斯泰著，周扬、谢素台译，1956 年 11 月北京第 1 版，1989 年 8 月北京第 3 版，1995 年 3 月北京第 1 次印刷，印数 20000 册。

《复活》，〔俄〕列夫·托尔斯泰著，汝龙译，1989年 10 月北京第 1 版，1994 年 4 月北京第 2 次印刷，印数 10000 册。

《托尔斯泰中短篇小说选》，臧仲伦等译，1997 年 11 月北京第 1 版第 1 次印刷，印数 5000 册。

《契诃夫小说选》，汝龙译，1992 年 11 月北京第 1

版，1996 年 11 月北京第 1 次印刷，印数 5000 册。

《亚·奥斯特洛夫斯基 契诃夫戏剧选》，陈冰夷、童道明等译，1998 年 2 月北京第 1 版第 1 次印刷，印数 5000 册。

《勃洛克 叶赛宁诗选》，郑体武、郑铮译，1998 年 10 月北京第 1 版第 1 次印刷，印数 5000 册。

**五、苏联文学名著（6 种）**

《母亲 短篇作品选》，〔苏联〕高尔基著，夏衍等译，1994 年 5 月北京第 1 版第 1 次印刷，印数 10000 册。

《童年 在人间 我的大学》，〔苏联〕高尔基著，刘辽逸、楼适夷、陆风译，1994 年 11 月北京第 1 版第 1 次印刷，印数 30000 册。

《马雅可夫斯基诗选》，卢永编选，卢永等译，1998 年 10 月北京第 1 版第 1 次印刷，印数 3000 册。

《青年近卫军》，〔苏联〕法捷耶夫著，水夫译，1954 年 9 月北京第 1 版，1975 年 10 月北京第 2 版，1994 年 5 月北京第 1 次印刷，印数 10000 册。

《苦难历程》（上、下），〔苏联〕阿·托尔斯泰著，王士燮译，1997 年 11 月北京第 1 版第 1 次印刷，印数 5000 册。

《静静的顿河》（四册），〔苏联〕肖洛霍夫著，金人译，1956 年 11 月北京第 1 版，1988 年 9 月北京第 2

版，1993 年 11 月北京第 1 次印刷，印数 12000 册。

六、英国文学名著（27 种）

《莎士比亚悲剧选》，朱生豪译，2001 年 12 月北京第 1 版第 1 次印刷，印数 2000 册。

《莎士比亚喜剧选》，朱生豪译，2001 年 12 月北京第 1 版第 1 次印刷，印数 2000 册。

《莎士比亚历史剧选》，朱生豪译，2001 年 12 月北京第 1 版第 1 次印刷，印数 2000 册。

《弥尔顿诗选》，朱维之选译，1998 年 2 月北京第 1 版第 1 次印刷，印数 5000 册。

《鲁滨孙飘流记　摩尔·弗兰德斯》，〔英〕笛福著，徐霞村、梁遇春译，1997 年 5 月北京第 1 版第 1 次印刷，印数 5000 册。

《木桶的故事　格列佛游记》，〔英〕斯威夫特著，主万、张健译，2000 年 12 月北京第 1 版第 1 次印刷，印数 3000 册。

《弃儿汤姆·琼斯的历史》(上、下 )，〔英〕亨利·菲尔丁著，萧乾、李从弼译，1984 年 4 月北京第 1 版，1994 年 11 月北京第 1 次印刷，印数 30000 册。

《华兹华斯　柯尔律治诗选》，杨德豫译，2001 年 1 月北京第 1 版第 1 次印刷，印数 3000 册。

《艾凡赫》，〔英〕司各特著，刘尊棋、章益译，1978 年 6 月北京第 1 版，1995 年 6 月北京第 1 次印刷，印数 10000 册。

《傲慢与偏见》，〔英〕简·奥斯丁著，张玲、张扬译，1993 年 7 月北京第 1 版，1995 年 8 月北京第 1 次印刷，印数 20000 册。

《唐璜》，〔英〕拜伦著，查良铮译，1980 年 7 月北京第 1 版，1994 年 5 月北京第 1 次印刷，印数 8000 册。

《雪莱诗选》，江枫译，1996 年 11 月北京第 1 版第 1 次印刷，印数 5000 册。

《济慈诗选》，屠岸译，1997 年 11 月北京第 1 版第 1 次印刷，印数 5000 册。

《南方与北方》，〔英〕盖斯凯尔夫人著，主万译，1987 年 7 月北京第 1 版，1994 年 5 月北京第 1 次印刷，印数 5000 册。

《名利场》(上、下)，〔英〕萨克雷著，杨必译，1957 年 5 月北京第 1 版，1995 年 8 月北京第 1 次印刷，印数 15000 册。

《大卫·科波菲尔》(上、下)，〔英〕狄更斯著，庄绎传译，2000 年 12 月北京第 1 版第 1 次印刷，印数 3000 册。

《双城记》，〔英〕狄更斯著，石永礼、赵文娟译，1993 年 10 月北京第 1 版，1995 年 8 月北京第 1 次印刷，印数 20000 册。

《奥利弗·退思特》，〔英〕狄更斯著，黄雨石译，

2001 年 1 月北京第 1 版第 1 次印刷，印数 3000 册。

《简·爱》，〔英〕夏洛蒂·勃朗特著，吴钧燮译，1990 年 11 月北京第 1 版，1995 年 5 月北京第 2 次印刷，印数 20000 册。

《呼啸山庄》，〔英〕爱米丽·勃朗特著，张玲、张扬译，1999 年 1 月北京第 1 版，1999 年 7 月北京第 1 次印刷，印数 5000 册。

《米德尔马契》（上、下），〔英〕乔治·爱略特著，项星耀译，1987 年 7 月北京第 1 版，1993 年 11 月北京第 1 次印刷，印数 3000 册。

《德伯家的苔丝》，〔英〕哈代著，张谷若译，1957 年 10 月北京第 1 版，1984 年 7 月北京第 2 版，1995 年 8 月北京第 1 次印刷，印数 15000 册。

《还乡》，〔英〕哈代著，张谷若译，1958 年 6 月北京第 1 版，1991 年 11 月北京第 2 版，1998 年 2 月北京第 3 次印刷，印数 5000 册。

《无名的裘德》，〔英〕哈代著，张谷若译，1958 年 9 月北京第 1 版，1989 年 12 月北京第 2 版，1995 年 10 月北京第 1 次印刷，印数 15000 册。

《吉姆爷　黑暗深处　水仙花号上的黑水手》，〔英〕康拉德著，熊蕾等译，1998 年 10 月北京第 1 版第 1 次印刷，印数 3000 册。

《达洛维太太　到灯塔去　海浪》，〔英〕弗吉尼亚·吴尔夫著，谷启楠等译，1997 年 5 月北京第 1 版第 1 次印刷，印数 3000 册。

《儿子与情人》，［英］劳伦斯著，陈良廷、刘文澜译，1987 年 4 月北京第 1 版，1994 年 4 月北京第 2 次印刷，印数 20000 册。

### 七、爱尔兰文学名著（3 种）

《王尔德作品集》，黄源深等译，2000 年 6 月北京第 1 版，2001 年 12 月北京第 1 次印刷，印数 2000 册。

《都柏林人　青年艺术家的画像》，［爱尔兰］詹姆斯·乔伊斯著，黄雨石等译，1996 年 11 月北京第 1 版第 1 次印刷，印数 4000 册。

《尤利西斯》(上、下 )，［爱尔兰］乔伊斯著，金隄译，1994 年 4 月北京第 1 版，2001 年 12 月北京第 1 次印刷，印数 2000 册。

### 八、美国文学名著（13 种）

《打鹿将》，［美］詹姆斯·库柏著，白滨译，1996 年 11 月北京新 1 版第 1 次印刷，印数 5000 册。

《马克·吐温中短篇小说选》，叶冬心译，2001 年 12 月北京第 1 版河北第 1 次印刷，印数 3000 册。

《汤姆·索亚历险记　哈克贝利·费恩历险记》，［美］马克·吐温著，成时译，1998 年 2 月北京第 1 版第 1 次印刷，印数 5000 册。

《红字　七个尖角顶的宅第》，［美］霍桑著，胡允桓译，1999 年 7 月北京第 1 版第 1 次印刷，印数 3000 册。

《爱伦·坡短篇小说集》，陈良廷等译，1982 年 8 月北京第 1 版，1998 年 2 月北京第 2 版第 1 次印刷，印数 5000 册。

《汤姆叔叔的小屋》，〔美〕斯陀夫人著，王家湘译，1998 年 10 月北京第 1 版第 1 次印刷，印数 5000 册。

《草叶集》(上、下)，〔美〕惠特曼著，楚图南、李野光译，1987 年 2 月北京第 1 版，1994 年 5 月北京第 1 次印刷，印数 7000 册。

《白鲸》，〔美〕梅尔维尔著，成时译，2001 年 12 月北京第 1 版第 1 次印刷，印数 2000 册。

《一位女士的画像》，〔美〕亨利·詹姆斯著，项星耀译，1984 年 1 月北京第 1 版，1993 年 11 月北京第 1 次印刷，印数 3000 册。

《欧·亨利短篇小说选》，王仲年译，1986 年 4 月北京第 1 版，1994 年 5 月北京第 1 次印刷，印数 20000 册。

《美国的悲剧》，〔美〕德莱塞著，许汝祉译，1986 年 2 月北京第 1 版，1996 年 11 月北京第 1 次印刷，印数 5000 册。

《珍妮姑娘》，〔美〕德莱塞著，潘庆舲译，1987 年 10 月北京第 1 版，1998 年 2 月北京第 1 次印刷，印数 5000 册。

《马丁·伊登》，〔美〕杰克·伦敦著，殷惟本译，

1996 年 11 月北京第 1 版第 1 次印刷，印数 40000 册。

**九、德国文学名著（10 种）**

《尼贝龙根之歌》(史诗)，钱春绮译，1959 年 11 月北京第 1 版，1994 年 11 月北京第 1 次印刷，印数 20000 册。

《浮士德》，〔德〕歌德著，绿原译，1994 年 11 月北京第 1 版第 1 次印刷，印数 10000 册。

《维廉·麦斯特的学习时代》，〔德〕歌德著，冯至、姚可昆译，1988 年 6 月北京第 1 版，1993 年 11 月北京第 1 次印刷，印数 3000 册。

《维廉·麦斯特的漫游时代》，〔德〕歌德著，关惠文译，1988 年 4 月北京第 1 版，1993 年 11 月北京第 1 次印刷，印数 3000 册。

《少年维特的烦恼　亲和力》，〔德〕歌德著，杨武能等译，1995 年 8 月北京第 1 版第 1 次印刷，印数 15000 册。

《歌德诗选》，冯至、钱春绮、绿原译，2001 年 12 月北京第 1 版第 1 次印刷，印数 2000 册。

《席勒戏剧诗歌选》，钱春绮等译，1996 年 11 月北京第 1 版第 1 次印刷，印数 4000 册。

《格林童话全集》，〔德〕格林兄弟著，魏以新译，1988 年 5 月北京第 1 版，1994 年 11 月北京第 1 次印刷，印数 30000 册。

《海涅诗选》，张玉书编选，冯至、钱春绮、张玉书译，1985年10月北京第1版，1994年5月北京第1次印刷，印数5000册。

《施托姆小说选》，仝保民等译，2000年12月北京第1版第1次印刷，印数3000册。

### 十、奥地利文学名著（3种）

《里尔克诗选》，绿原译，1996年11月北京第1版第1次印刷，印数5000册。

《卡夫卡小说选》，孙坤荣等译，1994年11月北京第1版第1次印刷，印数30000册。

《斯·茨威格小说选》，张玉书选编，张玉书等译，1982年1月北京第1版，1993年11月北京第1次印刷，印数7000册。

### 十一、瑞士文学名著（1种）

《绿衣亨利》(上、下)，〔瑞士〕凯勒著，田德望译，1983年9月北京第1版，1995年10月北京第2次印刷，印数10000册。

### 十二、丹麦文学名著（1种）

《安徒生童话故事集》，叶君健译，1992年4月北京第1版，1994年5月北京第1次印刷，印数10000册。

### 十三、意大利文学名著（4种）

《神曲》，〔意大利〕但丁著，王维克译，1997年5月北京第1版第1次印刷，印数5000册。

《十日谈》，［意大利］薄伽丘著，王永年译，1994年12月北京第1版，1998年2月北京第1次印刷，印数5000册。

《哥尔多尼戏剧集》，孙维世、刘辽逸、焦菊隐译，1999年7月北京第1版第1次印刷，印数3000册。

《约婚夫妇》，［意大利］曼佐尼著，王永年译，1996年11月北京第1版第1次印刷，印数4000册。

### 十四、西班牙文学名著（5种）

《西班牙流浪汉小说选》，［西班牙］克维多等著，杨绛、吴健恒等译，1997年11月北京第1版第1次印刷，印数5000册。

《堂吉诃德》（上、下），［西班牙］塞万提斯著，杨绛译，1978年北京第1版，1987年2月北京第2版，1995年9月北京第2次印刷，印数20000册。

《维加戏剧选》，胡真才、吕晨重译，1998年2月北京第1版第1次印刷，印数5000册。

《庭长夫人》（上、下），［西班牙］克拉林著，唐民权等译，1988年12月北京第1版，1995年9月北京第2次印刷，印数10000册。

《悲翡达夫人》，［西班牙］加尔多斯著，王永达等译，1996年11月北京第1版第1次印刷，印数4000册。

### 十五、葡萄牙文学名著（1种）

《马亚一家》，［葡萄牙］埃萨·德·凯依罗斯著，张宝生、任吉生译，1988 年 7 月北京第 1 版，1995 年 9 月北京第 2 次印刷，印数 10000 册。

### 十六、挪威文学名著（1 种）

《易卜生戏剧选》，萧乾等译，1997 年 11 月北京第 1 版第 1 次印刷，印数 5000 册。

### 十七、瑞典文学名著（1 种）

《斯特林堡小说戏剧选》，张道文，李之义译，1999 年 7 月北京第 1 版第 1 次印刷，印数 3000 册。

### 十八、波兰文学名著（3 种）

《塔杜施先生》，〔波兰〕亚当·密茨凯维奇著，易丽君、林洪亮译，1998 年 11 月北京第 1 版第 1 次印刷，印数 3000 册。

《你往何处去》，〔波兰〕显克维奇著，张振辉译，2000 年 12 月北京第 1 版第 1 次印刷，印数 3000 册。

《涅曼河畔》，〔波兰〕奥若什科娃著，施友松译，1979 年 1 月北京第 1 版，1995 年 8 月北京第 1 次印刷，印数 10000 册。

### 十九、捷克文学名著（2 种）

《好兵帅克历险记》，〔捷克〕雅·哈谢克著，星灿译，1983 年 4 月北京第 1 版，1995 年 9 月北京第 1 次印刷，印数 30000 册。

《外祖母》，〔捷克〕鲍·聂姆佐娃著，吴琦译，1998 年 2 月北京第 1 版第 1 次印刷，印数 5000 册。

### 二十、匈牙利文学名著（2种）

《金人》，［匈牙利］约卡伊·莫尔著，柯青译，1981年12月北京第1版，1994年5月北京第1次印刷，印数5000册。

《裴多菲诗选》，兴万生译，1996年11月北京第1版第1次印刷，印数4000册。

### 二十一、保加利亚文学名著（1种）

《轭下》，［保加利亚］伐佐夫著，施蛰存译，1982年4月北京第1版，1994年5月北京第1次印刷，印数5000册。

### 二十二、欧洲寓言（1种）

《欧洲寓言选》，王焕生等译，2001年12月北京第1版第1次印刷，印数3000册。

### 二十三、墨西哥文学名著（2种）

《癞皮鹦鹉》，［墨西哥］利萨尔迪著，周末、怡友译，1986年9月北京第1版，1994年5月北京第1次印刷，印数5000册。

《玛丽亚　蓝眼睛》，［哥伦比亚］伊萨克斯、［墨西哥］阿尔塔米拉诺著，朱景冬、沈根发、卞双成译，1994年11月北京第1版第1次印刷，印数5000册。

### 二十四、秘鲁文学名著（1种）

《秘鲁传说》，［秘鲁］帕尔马著，白凤森译，1997年11月北京第1版第1次印刷，印数5000册。

## 二十五、阿拉伯民间故事（1种）

《〈一千零一夜〉故事选》，阿拉伯民间故事，纳训译，1994年5月北京第1版第1次印刷，印数5000册。

## 二十六、黎巴嫩文学名著（1种）

《纪伯伦诗文选》，冰心等译，1999年7月北京第1版第1次印刷，印数5000册。

## 二十七、波斯文学名著（2种）

《列王纪选》，〔波斯〕菲尔多西著，张鸿年译，1991年北京第1版，1994年4月北京第1次印刷，印数20000册。

《鲁达基 海亚姆 萨迪 哈菲兹作品选》，潘庆舲、水建馥、邢秉顺译，1998年10月北京第1版第1次印刷，印数5000册。

## 二十八、日本文学名著（4种）

《源氏物语》（上、下），〔日本〕紫式部著，丰子恺译，1980年12月北京第1版，1995年5月北京第2次印刷，印数20000册。

《近松门左卫门 井原西鹤作品选》，钱稻孙译，1987年11月北京第1版，1996年11月北京第1次印刷，印数3000册。

《我是猫》，〔日本〕夏目漱石著，尤炳圻、胡雪译，1997年5月北京第1版第1次印刷，印数3000册。

《破戒 家》，〔日本〕岛崎藤村著，柯毅文、陈德文、枕流译，1997年5月北京第1版第1次印刷，印数3000册。

### 二十九、印度文学名著（4种）

《〈罗摩衍那〉选》，［印度］蚁蛭著，季羡林译，1994年11月北京第1版第1次印刷，印数10000册。

《摩诃婆罗多插话选》（上、下），金克木等译，1987年3月北京第1版，1996年11月北京第1次印刷，印数3000册。

《泰戈尔诗选》，谢冰心、郑振铎等译，1958年5月北京第1版，1994年5月北京第2版第1次印刷，印数7000册。

《戈拉》，［印度］泰戈尔著，刘寿康译，1984年1月北京第1版，1995年9月北京第2次印刷，印数10000册。

### 三十、中国文学名著（40种）

《诗经全注》，褚斌杰注，1999年7月北京第1版第1次印刷，印数5000册。

《屈原选集》，金开诚等选注，1998年10月北京第1版第1次印刷，印数5000册。

《庄子选集》，陆永品选注，2001年北京第1版第1次印刷，印数3000册。

《曹植选集　陶渊明选集》，俞绍初、李华等选注，1997年5月北京第1版第1次印刷，印数3000册。

《李白选集》，裴斐选注，1996 年 10 月北京第 1 版第 1 次印刷，印数 5000 册。

《杜甫选集》，袁世硕等选注，1998 年 10 月北京第 1 版第 1 次印刷，印数 5000 册。

《白居易选集》，周勋初等选注，2002 年 1 月北京第 1 版第 1 次印刷，印数 5000 册。

《韩愈选集》，吴小林选注，2001 年 12 月北京第 1 版第 1 次印刷，印数 3000 册。

《柳宗元选集》，吴文治选注，1998 年 2 月北京第 1 版第 1 次印刷，印数 5000 册。

《苏轼选集》，张志烈等选注，2002 年 2 月北京第 1 版第 1 次印刷，印数 5000 册。

《陆游选集》，王水照等选注，1997 年 11 月北京第 1 版第 1 次印刷，印数 5000 册。

《辛弃疾选集》，朱德才选注，1997 年 5 月北京第 1 版第 1 次印刷，印数 3000 册。

《关汉卿选集》，康保成等选注，1998 年 10 月北京第 1 版第 1 次印刷，印数 5000 册。

《史记选》，司马迁著，王伯祥选注，1957 年 4 月北京第 1 版，1982 年 10 月北京第 2 版，1997 年 5 月北京第 1 次印刷，印数 3000 册。

《乐府诗选》，曹道衡选注，2000 年 12 月北京第 1 版第 1 次印刷，印数 3000 册。

《唐宋传奇选》，张友鹤选注，1997 年 5 月北京第 1 版第 1 次印刷，印数 3000 册。

《西厢记》，王实甫著，张燕瑾校注，1997 年 11 月北京第 1 版第 1 次印刷，印数 5000 册。

《牡丹亭》，汤显祖著，徐朔方校注，1997 年 11 月北京第 1 版第 1 次印刷，印数 5000 册。

《长生殿》，洪昇著，徐朔方校注，1958 年北京第 1 版，1983 年 10 月北京第 2 版，1997 年 11 月北京第 1 次印刷，印数 5000 册。

《桃花扇》，孔尚任著，王季思等校注，1959 年 4 月北京第 1 版，1997 年 11 月北京第 1 次印刷，印数 5000 册。

《三国演义》(上、下)，罗贯中著，1953 年 11 月北京第 1 版，1957 年 1 月北京第 2 版，1973 年 12 月北京第 3 版，2001 年 12 月北京第 1 次印刷，印数 3000 册。

《水浒传》(上、下)，施耐庵、罗贯中著，1975 年 10 月北京第 1 版，1997 年 1 月北京第 2 版，2001 年 12 月北京第 1 次印刷，印数 3000 册。

《西游记》(上、下)，吴承恩著，1955 年 2 月北京第 1 版，1980 年 5 月北京第 2 版，2001 年 12 月北京第 1 次印刷，印数 3000 册。

《红楼梦》(上、下)，曹雪芹、高鹗著，2000 年 5 月北京第 1 版第 1 次印刷，印数 3000 册。

《儒林外史》，吴敬梓著，张慧剑校注，1958年11月北京第1版，1997年11月北京第1次印刷，印数5000册。

《金瓶梅词话》（上、下），兰陵笑笑生著，2000年10月北京第1版第1次印刷，印数8000册。

《喻世明言》，冯梦龙编，许政扬校注，1958年4月北京第1版，1997年5月北京第1次印刷，印数5000册。

《警世通言》，冯梦龙编，严敦易校注，1956年1月北京第1版，1997年5月北京第1次印刷，印数5000册。

《醒世恒言》，冯梦龙编，顾学颉校注，1956年7月北京第1版，1997年5月北京第1次印刷，印数5000册。

《拍案惊奇》，凌濛初著，陈迩冬等校注，1991年8月北京第1版，1997年5月北京第1次印刷，印数5000册。

《二刻拍案惊奇》，凌濛初著，陈迩冬等校注，1996年6月第1版，1997年5月北京第1次印刷，印数5000册。

《全本新注聊斋志异》（上、中、下），蒲松龄著，朱其铠等校注，1989年9月北京第1版，1997年5月北京第1次印刷，印数5000册。

《鲁迅小说集》，1998 年 10 月北京第 1 版第 1 次印刷，印数 10000 册。

《鲁迅散文选集》，1998 年北京第 1 版第 1 次印刷，印数 5000 册。

《郭沫若诗歌戏剧选》，1997 年 5 月北京第 1 版第 1 次印刷，印数 3000 册。

《子夜》，茅盾著，1952 年 9 月北京第 1 版，1954 年 4 月北京第 2 版，1960 年 4 月北京第 3 版，1994 年 11 月北京第 1 次印刷，印数 30000 册。

《家》，巴金著，1953 年 6 月北京第 1 版，1962 年 1 月北京第 2 版，1994 年 11 月北京第 1 次印刷，印数 30000 册。

《骆驼祥子　离婚》，老舍著，1994 年 11 月北京第 1 版第 1 次印刷，印数 30000 册。

《曹禺戏剧选》，1997 年 11 月北京第 1 版第 1 次印刷，印数 5000 册。

《艾青诗选》，1997 年 11 月北京第 1 版第 1 次印刷，印数 5000 册。

这套世界一流作家创作、中国一流翻译家翻译的一流文库，装帧设计、出版印刷也是一流的。全套文库由李吉庆装帧设计，"统一着装"，整齐划一的大 32 开精装本。封面为赤橙黄绿青蓝紫等各色绸面精装，书脊烫金印刷文库名、书名、出版社名。护封统一为灰绿色，封面印刷文库名、书名、作者、出版社名，书脊除印刷书名、出版社名外，还独具匠心地在上部最醒目的位置印刷赤橙黄绿青蓝紫等各色横条，横条内标注文库名，作为区分名著国别的标志。全套文库由北京新华印刷厂、北京冠中印刷厂、北京外文印刷厂、人民文学印刷厂等十几家印刷厂印刷，有些还在版权页注明"金城造纸厂供纸"。

因为全套文库护封为灰绿色，这套文库也被称之为"灰皮书"。第一次听到"灰皮书"的说法是2012年8月，我去北京市朝内大街166号即将搬迁的人民文学出版社大楼发行部联系最后5种"世界文学名著文库"配书事宜。熟悉的发行部办公室内是一张陌生的面孔，操着标准的"京片子"回答我："灰皮书么，早没货啦！"

# 词海藏珍

本篇"词海"中的"词"，特指中国当代歌词。中国诗歌进入 20 世纪之后，一直呈现新诗、歌词、旧体诗词三水分流、三足鼎立的局面。回望 20 世纪，就总体艺术成就而言，新诗不如歌词，歌词不如旧体诗词。中国当代歌词的艺术成就总体上又超过中国现代歌词。故在我的藏书系列中，有一个"中国当代歌词艺术"小系列。现略举数种。

## 一、《乔羽文集·诗词卷》签赠本

乔羽老师是中国当代歌词艺术的主帅人物，具有独特的人格魅力，连周总理都称他为"乔老爷"。20 世纪 80 年代中期我曾见过"乔老爷"。有日记为证："1985年 7 月 6 日　晴　下午二时乘校车进城，去长沙市工人文化宫，听中国音乐文学研究会会长乔羽作歌词学术报告，报告会结束后曾作简短交流。"当时手头没有乔羽老师的书，也没有签名的意识，没留下乔羽老师的签名。这次学术报告会之后，我成了一名歌词发烧友，先后在《词刊》等歌词刊物上发表了几十首歌词，并于

1993 年在广西民族出版社出版过一本歌词专集《真善美之恋》。此书忝列"中国歌海词丛"第五辑，总序就是乔羽老师写的。

2004 年 1 月，《乔羽文集·诗词卷》由新华出版社出版，当即购藏一册，一气读完。我发现有一首很熟悉的《算盘歌》乔羽老师没有收入《乔羽文集·诗词卷》，便给乔羽老师写了一封信，连同《乔羽文集·诗词卷》挂号寄给乔羽老师。没过几天，就收到乔羽老师寄回的《乔羽文集·诗词卷》。书名页毛笔题写："杨成杰先生指正　乔羽　二○○四年四月十四日"。该书第 262 页是空白页，乔羽老师用毛笔全文补写了《算盘歌》，并在题头位置写道："遵成杰先生嘱添补在这里。乔羽"。《算盘歌》不长，现予照录："下边的当一，上边的当五，一盘小小的算珠把世界算了个清清楚楚。哪家贪赃枉法，哪家洁白清苦，俺让你心中有个数。三下五去二，二一添做五，天有几多风云？人有几多祸福？君知否，这世界缺不了加减乘除。"

## 二、《江姐》词曲作者签名本

《江姐》是我非常喜欢的一部歌剧，剧中的《红梅赞》《绣红旗》等经典唱段是我百听不厌的经典歌曲。1984 年 7 月，我曾在北京观看过一场空政文工团演出的《江姐》。引日记为证："1984 年 7 月 24 日　晴　在空军招待所吃过晚饭后，晚上七点乘 44 路公共汽车至建国门，转 4 路公共汽车至民族文化宫礼堂，观看空政文工团演出的七场歌剧《江姐》（金曼主演）。晚上十点三十分乘 22 路、16 路公共汽车回中央财院招待所。"

《江姐》编剧阎肃老师是公众异常熟悉的词作家，能够得到他的签名书一直是我的一个心愿。

2008 年 9 月，我在长沙星星书店淘到一本库存特价书、解放军文艺出版社 1991 年 7 月 1 版 1 印的《江姐》（一九九一年七月演出本），如获至宝。这本全品相的大 32 开精装本，高端大气，鲜红的护封上印有烫金的梅花图案。我把护封小心保存好，将精装本包上一层牛皮纸书衣，挂号寄给阎肃老师。没过多久，就收到了阎肃老师寄回的《江姐》精装本。在书名页，赫然签有阎肃、羊鸣、姜春阳三个大名，钤有三位词曲作者的名章，还有阎肃老师写的说明和日期"金砂同志已逝 2008.9"。如此规格的签名阵容，恐怕再难找到第二本了。一模一样的《江姐》签名本，熊光楷上将（签名本收藏大家）藏有一册，书影见熊光楷著《藏书·记事·忆人（印章专辑）》，新华出版社 2009 年 1 版 1 印，第 153 页，仅有阎肃一个签名、一个印章。

**三、《晓光歌诗选集》签赠本**

写有《在希望的田野上》《那就是我》等经典词作的晓光老师是继乔羽老师之后担任中国音乐文学学会主席的著名词作家，曾任文化部副部长。

2007 年初，我在一位词友家中见到一册《晓光歌诗选集》(中国文联出版公司 1996 年 6 月 1 版 2 印 ) 精装本，也很想得到一册。寻了半年，遍寻不着。只好抱着试试看的心情，挂号寄了一本拙著《真善美之恋》给晓光老师。不久即收到晓光老师寄来的一本《晓光歌诗选集》精装本，前衬页有晓光老师钢笔题签："杨成杰同志留念 晓光 二〇〇七年六月七日"。签赠本是用"中华人民共和国文化部"大号牛皮纸信封挂号寄来的，这个牛皮纸信封我也一直珍藏着，现也成了一个珍贵的实寄封。

《晓光歌诗选集》出版之后，晓光老师还写出了《我像雪花天上来》等非常唯美的歌词。从文化部副部长岗位上退下来之后，晓光老师被聘为中央文史研究馆馆员，成为中国当代歌词作家"入馆"的首位馆员。这既是对晓光老师艺术成就的肯定，也是对中国当代歌词艺术成就的肯定。

### 四、《张藜歌诗三百首》签赠本

2016 年 5 月 9 日，创作了《我和我的祖国》《亚洲雄风》《鼓浪屿之波》等经典歌词的词作家张藜老师驾鹤西去。中国当代歌词词坛把张藜、乔羽、阎肃总结为风、雅、颂，甚为恰当。张藜老师有一句名言："我宁肯写出一句让全国老百姓背得出的句子，也不愿写一万行谁也看不懂的蹩脚文字。"这句名言兑现了，能让全国老百姓背得出的句子比比皆是。如"我和我的祖国，一刻也不能分隔。无论我走到哪里，都流出一首赞歌。"又如"我们亚洲，山是高昂的头。我们亚洲，河像热血流。"

为纪念这位杰出词作家，我决定购藏一本张藜老师代表作签名本。托朋友在网上搜索，找到一本《张藜歌诗三百首》（广西民族出版社 1994 年 9 月 1 版 1 印，列入《中国歌海词丛》第七辑）签赠本，以 30 元人民币购入。书名页有张藜老师钢笔题签："请 × × 同志指正　张藜　一九九五年六月五日　北京"，钤"张藜"朱文印。本书收入作者 1989 年至 1994 年写作的歌词三百首。除前面提及的《我和我的祖国》等三首经典歌词，《篱笆墙的影子》《命运不是辘轳》《苦乐年华》《山不转水转》等脍炙人口的歌词尽数收入。30 元人民币买到 300 首优秀歌词，还有一个"张藜"的签名、钤印，实在是太值了。庆幸的同时又有点心酸：中国当代歌词作家的待遇也未免太低了。心酸之余又稍感庆幸，30 元人民币的签赠本比起 20 世纪 80 年代"十五的月亮十六元"（石祥词作《十五的月亮》稿酬仅 16 元）毕竟有了一些进步。

### 五、词作家石祥书法作品

早就听说军旅词作家、《十五的月亮》词作者石祥老师善书法，也曾在拍卖图录上目睹过，很想能收藏一幅石祥老师的书法作品。

几年前长沙天心阁古玩城举办的一次地摊文化节上，来自兰州的一位书商带来一个卷宗，为甘肃省音乐文学学会成立大会文书档案，内有中直单位、各省市音乐文学学会负责人发给大会的贺信及题词。仔细翻阅，发现有一幅石祥写的贺信，书法果然很有功力。书商强调卷宗要整体出售，开价也不低。我便买了此书商带来的几本民国期刊《人间世》专辑，顺带提及购下卷宗中的某件作品。书商见有利可图，以100元人民币转让了这件石祥书法作品。

石祥的贺信写在一页"北京军区政治部创作室"印制的宣纸八行笺上，毛笔竖行题写："欣闻甘肃省音乐文学学会成立，特致热烈祝贺！并向全体词友问好。谨祝　高扬时代主旋律　祁连歌声更壮美　石祥　一九九四年夏月　北京西山。"钤"石祥"朱文印。文人行书，漂亮极了。

**六、作曲家曹俊山信札**

乔羽老师有句名言，歌词最容易写，也最不容易写好。写得再好的歌词如果无人谱曲，也是一件"半成品"。能否谱曲，谁来谱曲，也得看机遇。笔者客串歌词写作多年，与好几位作曲家打过交道。广州军区战士歌舞团作曲家曹俊山老师就是其中一位。

曹俊山老师出名很早，"文化大革命"后期风靡全国的《颂歌一曲唱韶山》就是曹俊山作曲。20世纪80年代初,我的一首歌词《民族团结之歌》在《词刊》发表,曹俊山老师为这首词谱了曲,发表在《岭南音乐》1982年第11期头条位置,后来又收入《曹俊山歌曲选》(花城出版社1985年10月1版1印)。

大约是1987年7月,湖南省音乐文学学会会长于沙老师告诉我,花城出版社出了一本《曹俊山歌曲选》,收了由他作词的作品,也收了由我作词的作品。他年纪大,不好意思出面催寄样书;我年轻,由我催寄样书比较合适,并告知了曹俊山老师的通讯地址。于是我便写了一封很客气的信给曹俊山老师,委婉地提出请他赐寄样书的要求。不久就收到曹俊山老师挂号寄来的两本样书,并附有用"广州军区战士歌舞团"小号信封装着的一封信。全信如下:"杨成杰同志:你好!来信收到。关于我的'歌选'一书,当初由花城出版社负责给词作者寄,所以我就没给你们寄。我也没那么多,现在街上已经很难买到。现把我手头仅有的八本中,寄给你和于沙同志各一本,请你转交给于沙同志。另外,我还要给戴富荣寄去一本,他已经来过两封信。还有五本作资料保存也够了。请注意查收。我现在已离休在家写小说了。顺代问于沙同志好。祝安 曹俊山 8.29。"作曲家改行写小说,也许是顺应市场经济的潮流吧,词曲作家的待遇实在也太低了。

## 七、"中国歌海词丛"第 5 辑系列签赠本

"中国歌海词丛"是由曾宪瑞主编、广西民族出版社出版的专收中国当代歌词作家个人歌词作品选集的大型丛书，从 1992 年至 2012 年共编辑出版 24 辑，收入中国当代 400 多位词家的 580 部自选集。拙著《真善美之恋》有幸列入第五辑于 1993 年 8 月出版。

"中国歌海词丛"第五辑收入 24 位词作者的 25 部自选集，装入两个盒式函套。我曾用了 15 年时间，收集了其中 22 位作者的签赠本。在这 22 位作者中，多数是像我一样只管默默无闻地耕耘的非职业词作者，也有几位写出了不少名作的职业词作家。如《常回家看看》词作者车行老师，他在"中国歌海词丛"第五辑出书的时候用的还是本名（原名）车广鸣，所出之书名为《关不住的风流》，作品多取材于东北。书中作者照片上的车广鸣非常潇洒，书名页的钢笔题签也很潇洒："成杰兄惠存　车广鸣　95.8.5"。又如《太阳岛上》词作者之一的邢籁老师，曾任两届全国政协委员，在"中国歌海词丛"第五辑出版的书名《总是恋着》。书中作者照片上的邢籁老师非常漂亮，照片下方的钢笔题签也很漂亮："谢谢您把这本小册子保存了这么久！十五年之后，当我遵嘱为它签名时，我的心中涌起了一份莫名的感动。谢谢您！邢籁　2008 年 5 月 10 日"。

### 八、《踏着落花归去》签赠本

于沙老师的歌词自选集《踏着落花归去》也是"中国歌海词丛"第五辑的一种，本应放在上一节谈及。专列一节来谈，是因为我有很多的话要说。

于沙老师是湖南省作家协会为数不多的专业作家中为数更少的专业诗人。1953年毕业于湖南大学，先在湖南师范学院院刊《湖南师院》当编辑，毛泽东词作《蝶恋花·答李淑一》就是由他经手首次发表在1958年1月1日的《湖南师院》上的。后在《湘江文艺》《百灵鸟》词刊当编辑，发表过我的不少新诗和歌词。再后来就是在湖南省作家协会当专业诗人。我与于沙老师相交四十年，谊兼师友。他出版的诗集、词集、文集我都藏有签赠本。

自20世纪80年代初担任湖南省音乐文学学会会长以后，于沙老师提出了一个著名的歌词美学命题"我把歌词当诗写"，发表了一百多首践行这一美学命题的歌词作品，《踏着落花归去》就是这些作品的结集。其中一首《八百里洞庭美如画》经作曲家谱曲，多次在中央电视台播出，并在湖南春晚演唱。这首歌词的起首四句"十里金堤柳如烟，芦苇荡里落大雁。渔歌催开千张网，荷花映红水底天"，放在新诗、歌词、旧体诗词中都是上乘之作。

在《踏着落花归去》的前衬页，于沙老师用他那刚柔有致的毛笔行书题签："无边诗思窗前草 不了功夫架上书 成杰乡友诗家雅正 于沙 一九九四年六月"，钤"于沙"朱文印。在中国当代歌词作家中，于沙老师的书法是一流的，能与之比肩的只有乔羽和石祥。承蒙不弃，我曾应邀参与《于沙诗选》《于沙诗文集》的编选工作，曾经对于沙老师本人及其家人"点评"过于沙老师的艺术成就：书法第一，歌词第二，文章第三，新诗第四。于沙老师笑曰："知我者，成杰也。"

三年前，诗人、词家踏着落花归去，愿他在天国诗情依旧。

### 九、《中国当代歌词精选》主编签赠本

几年前一个偶然的机会在一家旧书店淘到一本曾宪瑞主编的《中国当代歌词精选》（广西民族出版社2008年3月1版1印），方型16开平装本，696页，厚厚一巨册。前衬页有主编的钢笔题签："×× 词友雅正 曾宪瑞 2008年夏敬赠"。

这个精选本可称为中国当代歌词集大成之作、集精华之作。全书分为新时期前后两个时间段编排，每个时间段均以作者姓氏笔画为序，举凡新中国成立以来六十年中家喻户晓、耳熟能详的优秀歌曲中的歌词，几无遗漏。一册在手，佳作全收。

曾宪瑞老师长期任职于桂林市文联，曾任桂林市文联副主席、《南方文学》主编。宪瑞老师对中国当代歌

词艺术的巨大贡献，就是先后主编了《中国当代百家歌词选》《中国歌海词丛》《中国歌海论丛》《中国当代歌词精选》等"大部头"总集、别集，居功至伟。

1982 年 8 月，我与内人到桂林旅游，曾受到宪瑞老师的热情接待，安排我们住在市文联隔壁的湖滨饭店。这在住店需凭单位介绍信的当年，已经是很大的帮助了。在"中国歌海词丛"第五辑，宪瑞老师也出版了一本自己的歌词集《旅情》，在赠送我的这本书的前衬页钢笔题签："杨成杰同志雅正　曾宪瑞　一九九四年夏"。每当看到这本《旅情》，就会想起 20 世纪 80 年代初的那段"旅情"。

### 十、《歌词汇刊》油印本

2012 年 8 月 12 日，我在北京中国书店灯市口分店购得 4 册《歌词汇刊》油印本，品相如新。

《歌词汇刊》是由北京群众艺术馆、北京歌声社于 1956 年、1957 年编辑的歌词月刊，总共 24 期，合订为 4 册。

第一册为《歌词汇刊》（1—5）合订本，1956 年 9 月北京群众艺术馆编，总封面为红印。其中，第 1 期（创刊号）封面为黑印，1955 年 6 月北京群众艺术馆筹备处编，收入歌词作品 11 首，头条作品为佟志贤的《毛泽东颂歌》。末页有致作曲家的一封信："为了进一步有组织有计划地推动群众艺术活动，前北京市文化处音乐工作组已经撤销，工作并入到北京群众艺术馆筹备处，以后请直接与本馆编辑组联系。寄上《歌词汇刊》第一期，请选择谱曲。谱好后，请寄：北京东单崇内大街185号本组。北京群众艺术馆筹备处编辑组1955.6.25"。第2期封面为红印，1955年8月编印，收袁水拍等10位作者作品13首。第三期封面为绿印，1955年10月编印，收王健等11位作者作品12首。第4期封面为蓝印，1955年11月编印，这一期为"农业合作化专号"，收管平等11位作者作品12首。第5期封面为黄印，1955年12月编印，收安娥等16位作者作品17首。

第二册为《歌词汇刊》（6—12）合订本，1956年12月北京群众艺术馆编，总封面为红印。其中，第6期封面为红印，1956年2月编印，收管平等11位作者作品12首。第7期封面为紫印，1956年4月编印，收管平等14位作者作品15首。第8期封面为黑印，1956年5月编印，收雁翼等13位作者作品13首。第9期封面为红印，1956年6月编印，收沙鸥、张藜等18位作者作品16首。第10期封面为红印，1956年9月编印，收张永枚等14位作者作品15首。第11期封面为黑印，1956年10月编印，收刘薇等15位作者作品15首。第12期封面为绿印，1956年11月编印，收倪维德等16位作者作品16首。

第三册为《歌词汇刊》第三集，1957 年 12 月北京歌声社编，总封面为蓝印。其中，第 13 期封面为红印，1957 年 1 月编印，收入严阵等 13 位作者作品 13 首。第 14 期封面为绿印，此期标明为"1957 年 2 月号"，收韩乐群等 16 位作者作品 16 首。第 15 期（1957 年 3 月号）封面为蓝印，收刘薇等 15 位作者作品 15 首。第 16 期（1957 年 4 月号）封面为红印，收任红举等 15 位作者作品 15 首。第 17 期（1957 年 5 月号）封面为蓝印，收金波等 18 位作者作品 18 首。第 18 期（1957 年 6 月号）封面为红印，收张藜等 19 位作者作品 19 首。

　　第四册为《歌词汇刊》第四集，1957 年 12 月北京歌声社编，总封面为红印。其中，第 19 期（1957 年 7 月号）封面为绿印，收张永枚等 18 位作者作品 17 首。第 20 期（1957 年 8 月号）封面为绿印，收张士燮等 20 位作者作品 19 首，其中前 3 首为"反右派"题材。第 21 期（1957 年 9 月号）封面为黑印，收金波等 20 位作者作品 18 首。第 22 期（1957 年 10 月号）封面为绿印，收张藜等 20 位作者作品 19 首。第 23 期（1957 年 11 月号）封面为红印，收刘薇等 19 位作者作品 20 首。第 24 期（1957 年 12 月号）封面为黑印，收倪维德等 23 位作者作品 22 首。

　　每首作品后面（后改为每期封三）都附有歌词作者通信处，便于作曲家联系。如张藜当时的通信处为沈阳南湖东北音乐专科学校，安娥当时的通信处为北京北新桥细管胡同六号。

《歌词汇刊》油印本由北新誊印社印刷，内部预订，全年十二期工本费六角（外埠可寄邮票代现金）。

# 我的几部清刻本

尽管我也欣赏"清刻之美",但没有刻意去收集清刻本。一是没有韦力先生那样的财力,二是没有黄裳先生那样的眼力。我的几部清刻本都是在"见着什么逮什么,逮着什么是什么"的初级淘书阶段随意"逮"进来的。

"逮"进的第一部清刻本是《白香词谱笺》,舒梦兰辑,谢朝征笺,清光绪刻本,白纸线装,一函四册。版框为 17 厘米 ×11.2 厘米,钤"丁福保读书记"朱文印。

《白香词谱》是清代嘉庆年间靖安人舒梦兰编选,便于初学入门的一本词谱,清代中叶成书。此书选辑自唐代李白至清初黄元隽 59 家著名词人各种词牌的代表作 100 首,按照格律分别注上平仄声,编成词谱,为填词者的典范。同治光绪之间,南海人谢朝征"仿樊榭绝妙词之例"为此书作笺。谢朝征去世后,晚清重臣张荫桓持其遗稿延请词学巨擘谭廷献为之作序,并亲为校订,《白香词谱笺》方得以刊刻。此书一出,一纸风行,屡有翻刻。

寒斋所藏这部《白香词谱笺》，牌记为"光绪乙酉秋仲刻成"，署名为"靖安舒梦兰原辑，南海谢朝征韦盦笺，张荫桓樵野校"。前有"光绪十有二年夏六月仁和谭廷献叙"，后有"光绪丙戌清明前六日丹徒李恩绶亚白叙于肥西之紫蓬山房"。光绪乙酉为1885年，光绪丙戌为1886年，光绪十二年为1887年。谭序是在"刻成"之后两年写的，李序是在"刻成"之后一年写的。就这个"时间差"问题，我曾短信请教宋平生先生。宋先生短信回复说："书刻成而序言后至，补刻序言后，再印全书，就会出现此类情况。"由此看来，这部《白香词谱笺》应为初刻初刊本。尤为珍贵的是，此书四册的卷首位置都钤有"丁福保读书记"长条形朱文印，并有少量墨笔批校，为民国藏书大家丁福保旧藏。

"逮"进的第二部至第七部清刻本是舒梦兰诗文别集六种，均为嘉庆初刻本，竹纸线装。

其一为《秋心集》，嘉庆甲戌新镌，砚冰斋藏版，靖安舒梦兰白香草稿，姪懋熙凝之辑录，甲戌壮月靖安舒懋熙敬序于砚冰之斋。

其二为《和陶诗》，嘉庆癸酉刊本，双丰主人鉴定，宝经斋藏版。首题为《戊午腊日映雪读陶诗有感因和饮酒廿首上弘双丰将军》，书中收和陶诗一百首，共三十四叶。卷首两序，一为"庚申春日南州曾煜敬修氏"写，一为"己未二月长洲王芑孙"写。

其三为《花仙小志》，桐柏山房残版，我轩增刻，有"嘉庆十二年春月都昌黄有华序"。

其四为《游山日记》，天香近著，莲根诗社藏版，首页有"舒白香先生四十六岁小像，伍骧云写"，其后是"嘉庆九年仲冬既望都昌黄有华仲实甫敬书"序。

其五为《湘舟漫录》，牌记为"嘉庆十六年小春月镌，板于桂林郡城"（沤舸题），前有"嘉庆辛未长至南昌龚鉽谨书于桂林讲舍"的序文。含《湘舟漫录》文三卷，《骖鸾集》诗三卷。

其六为《古南余话》，嘉庆癸酉新镌，谷诒堂藏版。前有"嘉庆壬申元月望南康假守吉原龚文虎西原氏撰"序文。书分五卷。后有"嘉庆癸酉秋仲望前三日南州寄客王埙乐林谨题""天香弟子曹虎拜"两篇"题后"，以及"阳湖恽敬子居书"跋。

"逮"到了舒梦兰一部极为畅销的"学术专著"，又"逮"到了六部舒梦兰的诗集、文集"初版本"，对舒梦兰先生真是应该刮目相看了。查阅好几种中国文学史著作，对舒梦兰其人只字不提。翻阅《中国大百科全书·中国文学卷》，也找不到"舒梦兰"三个字。关注舒梦兰十几年，才从零星资料中找到一些舒梦兰的生平材料。

舒梦兰，字香叔，又字白香，晚号天香居士。清乾隆二十二年（1757年）生于江西靖安县城西外"世大夫第"（又名"木门楼"）。26岁应试落第后，闭门读书，穷究理学，为子侄们解诗说文。嘉庆八年（1803年）后，他感叹平生知己凋谢过半，入世之心益灰。遂每年都裹粮出游。曾住庐山天池寺百日，写《游山日记》12卷；过都昌游古南寺，著《古南余话》5卷；访婺源，见青山绿水，撰《婺令余稿》1卷。其他如《湘舟漫录》《骖鸾集》等集子，收录的都是他历年游历湖南、桂林等地所写下的散文和诗词。他还将寻祖、悼亲、哀儿的诗文辑录为《秋心集》。舒梦兰晚年好静，深居简出，杜门谢客。道光十五年（1835年）卒，享年77岁。舒梦兰共有11个诗文集，曾合编为《天香全集》。其中，《白香词谱》至今仍风行全国，《和陶诗》为历代和陶诗杰作。集齐舒梦兰作品集如《婺令余稿》等，看来还任重而道远。

"逮"进的第八种清刻本是《入洛集》，光绪七年写刻本，白纸线装一册。封邱何家琪的序文交代了此书刊刻之缘起："自古天下称文物者未有如洛之盛也。宋钱文僖公留守西京，尹师鲁掌书记，欧阳梅谢为其属官，宾礼词采上下辉映，盖旷世之所神往者矣。今光绪六年庚辰，陆吾山先生来守河南郡，幕下之士阳湖沈星府炳奎、宁海李莲初少白、咸宁苏晓飘湘其表弟、同里唐少秋沅生，皆以能诗称。逾年，先生受代去。同人录先生兄弟旧作与所选同人诗汇刊一卷，曰《入洛集》。家琪

229

时忝其县学官附焉，刊成属作序列卷端。家琪以为先生之治郡政绩卓卓，不待以文章著。而是卷也，庶几见先生爱士之诚与文僖同揆。岁暮雪作，诸君子行且去。此游嵩岳洛之人歌其篇什，传其胜概，相与慨然兴慕于龙门香山间者，又何如也。"集内收入三辅陆吾山襄钺诗四十一首、丹徒陆耀沧昕诗二十首、阳湖沈星府炳奎诗八首诗余二首、宁海李莲初少白诗二十五首诗余二首、咸宁苏晓飒湘诗十一首、丹徒唐少秋沅生诗三十九首诗余五首、封邱何吟秋家琪诗三十七首，分别以《有不为斋诗钞》《菜香馆诗钞》《抱经运甓轩诗钞》《竹溪诗钞》《怡志草堂诗钞》《三峰草堂诗钞》《天根诗钞》名其诗辑。各家诗词，首首耐读；写刻字体，遒劲老到。

雁过留声，人过留名。"一任清知府"在造福一方的同时，还能留下一部精彩的诗集，实在是比留下一笔"十万雪花银"要有价值得多。

"逮"进的第九部清刻本是《薑庐诗集》，庐陵曾灿材因余撰，牌记为"辛亥中冬上澣椠本"，竹纸线装四册。作者自述"顾自少至壮，诎信浮沉，身世攸历，与夫国家变故，友朋往来，山河跋涉，触境生情，笔而为诗者，都一十有六卷"，"共诗一千零一十一首"。前有"宣统六年孟春三月乡寅愚弟蔡世信拜叙于皖江寓斋"的序文，后有"壬子四月朔薑庐主人识"的后叙（跋文）。序文子曰诗云之乎也者不着边际，既没介绍作者生平行迹，也没点评作品艺术特色。跋文倒是一篇朝代更替之际难得一见的妙文。文中述及"余诗梓于辛亥中冬，闻者非笑之"，谓余"不识时势"而"治此顽固业"。余乃泫然曰："小雅尽废，四彝交侵，时局至斯，正吾诗之急欲出也。""吾不幸生于斯时而徒为此可非可笑之事，吾犹幸得为此可非可笑之事。俾后人知斯时之尚有顽固之士如我也。"旧体诗词，香火不断，此为一证。

"辛亥中冬"虽然已是民国的天下，年号仍属"宣统三年"。此时刊刻的《薑庐诗集》，虽然不敢断定为最后一部清刻本，至少可以说是最后一拨清刻本中的一部。

# 并非清刻的清人诗文集

寒斋藏有一些清人诗文集线装本，并不是清刻本，有的是清末铅印本，有的是 20 世纪铅印本、油印本。这些清人诗文集线装本，大都是在拍卖图录中难以准确判知作者生卒年代的情况下，作为 20 世纪旧体诗词集线装本委托拍进的。现略谈数种。

## 一、《菜香书屋诗草》

《菜香书屋诗草》，丹徒陆以耕载庄著，光绪二十二年（1896 年）铅印本，白纸线装一册，尺寸 26 厘米×15.5 厘米。诗集不分卷，收诗近三百首。卷尾有封邱何家琪写于光绪二十二年的《菜香书屋诗草后序》，交代了本书作者陆以耕与《入洛集》作者陆吾山、陆耀沧的父子关系："太守吾山陆公出典河南郡，时家琪为其属官。公余辄以诗文就正，谬承青眼。其弟耀沧博雅耽吟，遂引为诗友。逾年，自关中道雒阳，出其尊公载庄先生《菜香书屋诗草》属校。"《入洛集》中陆耀沧的诗辑辑名即为《菜香馆诗钞》。何家琪先后为陆氏父子的诗集（诗辑）作编校并题写前序、后序，可为清末诗坛佳话。

《菜香书屋诗草》卷首有汪宝晋写于光绪癸未冬的序，述及了陆以耕的生平行迹："丹徒陆君再庄宦晋几三十年，余游晋亦二十余稔，初不相识。咸丰戊午，再庄补官茅津二尹，余方在平阳为人作记室。闻再庄经过多有知之者，争道其善画而不知其能诗也。越二十五年，光绪壬午新春日，余偶以小诗投之再庄，既属和，复寄近作，始知再庄不惟能诗，又最善。"继而对陆以耕诗作出评价："大抵少时所作，深婉丽泽。中年以后，豪气驰骋，不可逼视。其清而健秀而苍，无艰涩之致者，盖近年作也。"此铅印本纸白墨浓，属晚清铅印本之佳本。

## 二、《紫荆花馆遗诗》

《紫荆花馆遗诗》，怀宁陈同礼润甫著，民国甲寅年（1914）铅印本，白纸线装一册，尺寸26厘米×15厘米。诗集不分卷，收诗二百八十一首。卷首有天津徐世昌序："绍兴周生肇祥持其舅陈润甫前辈《紫荆花馆遗诗》见示，属为序。润甫与余乡举同年，而余通籍则在其后。间尝接其为人，风度端凝，神采奕奕，蔚然有公辅之望。乃位不称德，未及中寿而遽已殂谢，知好莫不伤之。其诗追摹玉溪，雍容闲雅，间亦喜为绮语，藻思纷郁，犹有承平时先正遗意。"卷尾有民国二年岁在癸丑重阳后二日绍兴周肇祥跋。跋文曰："呜乎，此余润甫舅氏之遗诗也。舅氏体貌端凝，丰硕大耳，声如洪钟，性沉毅温和有大度。诗亦如之。接其人读其诗莫不谓涖高位享大年若操券。而孰知夫，官不过翰编，年未及五十，而中道以殁也。肇祥生七岁，舅氏游粤，匍拜于倪豹岑中丞邸，拉手背诵唐人诗，甚怜爱。越十年，肇祥游学京师，惟舅氏是依，诗文书画，请益无虚日，舅氏口讲指授不倦。庚子乱，相与避兵南下，舅氏以诸弟属肇祥，食寝未少离。舟中旅中，雪夜围炉，然高檠，手一编，课诸弟读，相约非成诵不寝。时或拨炉灰煨芋栗共噉食，舅氏睹此以为乐。厥后舅氏僦居芜湖治商业，肇祥别舅氏复入都。临歧握手相痛哭。而孰知夫，与舅氏竟永诀耶。肇祥今年三十四，忧患多病，发童而鬘斑，将成衰翁。回忆曩时情境，一合眼犹在目前，而身世之俯仰则已大异于畴者矣。旅居多暇，发箧取舅氏遗稿读之，复杂涂乙几不可爬梳。穷累月之力排比成帙，得诗二百八十一首，郑重付印，谨书其后。嗟乎，余舅氏毕生心血留于天壤间者仅只此耶，余能不悲耶。"周肇祥（1880—1954）为宋儒周敦颐后裔，曾任湖南省省长、北京古物陈列所所长，有《故都怀古诗》等多种诗文集行世。

此书牌记为"甲寅京华印书局精印五百部"，百竟庵校刊，钤"百竟庵印"朱文印。封面毛笔题写"紫荆花馆遗诗，伯弢世兄持赠"。

## 三、《古红梅阁集》

《古红梅阁集》，江山刘履芬彦清著，民国丙寅年（1926）铅印本，白纸线装一册，尺寸23.5厘米×14厘米。全书共八卷。其总目为：骈文一稿卷一，骈文三十一首；骈文二稿卷二，骈文二十四首；秋心废稿卷三，古今体诗五十一首；春社丛编卷四，古今体诗五十二首；淮浦闲草卷五，古今体诗五十三首；皋庑偶存卷六，古今体诗五十首；沤蜕脞录卷七，古今体诗五十一首；鸥梦词卷八，长短句七十首。总目之后是刘履芬之子刘毓盘于丙寅（1926）年春写的序言，详述其编定经过："右骈文一稿一卷为先人手定本，同治丙寅刻于淮阴者。余皆未刻本也。光绪己卯冬，盘年十三，猝遭嘉定之变。湖口高伯足刺史心雄丈念文字交契，请于番禺许星台方伯应荣征稿于先堂兄毓家毓春，匆遽间以草稿进高丈，定为文二卷，诗四卷，旅憁怀旧绝句一卷，词一卷，凡八卷。为费二百千，方伯饮以钱四十千，余则高丈任之。越十年庚寅，吴县雷深之司马浚丈重定未刻诗，得四卷，归安杨见山都转岘丈名曰《沤蜕脞录》，以别于高丈本也。又十五年，盘作令关中，将挈累以往穷检败篓，得先人手定诗四卷，少作曰《秋心废稿》，都下作曰《春社丛编》，戎幕作曰《淮浦闲草》，宦吴作曰《皋庑偶存》。词一卷为新建勒少仲河帅方锜、秀水杜筱舫方伯文澜、长洲潘麟生博士钟瑞三丈校律后改定本，与刻本字句互有出入。宣统辛亥重刻未成，九月民军起，家毁于劫，两印本皆厪有存者。盘旅食京师，忽忽年六十矣。惟先泽之湮没是惧。乃取高丈本文二卷、先人手定本诗四卷词一卷刻本，诗有在四卷外随后所作未及编定者五十一首，列为《沤蜕脞录》一卷，仍为八卷付诸排印。雷丈定本诗四卷、《旅愍怀旧绝句》一卷，别为外集，姑藏于家，俟续出以问世焉。"

刘履芬（1827—1879），浙江江山人，字彦清，号泖生，室名紫藤花馆、古红梅阁，工诗词，为文渊雅雄厚。官嘉定知县。其子刘毓盘（1867—1928），字子庚，号嚹椒，别署濯绛宧。词学家。早年从谭献学词，后在北京大学、北京师范大学、中国大学等校教授词学。有《词史》《嚹椒词》《濯绛宧词》。

### 四、《老学庵诗词遗稿》

《老学庵诗词遗稿》，无锡孙绍洙念惺撰，孙女诵昭谨编，民国二十五年二月油印本，白纸线装一册，尺寸25厘米×16厘米。前半部分为"老学庵诗"，收诗四百余首；后半部分为"老学庵词"，收词 三十余首。书名由揆初用瘦金体题写。卷首有孙诵昭写于庚申正月的《先大父念惺公事略》，述及祖父"世为望族"，历经乱离，自强不息。忆及祖父"须眉伟然，髯长盈尺，声如洪钟，望而知有道骨，年八十余犹健步出门，曳杖不以挂也。好饮酒，以渊明自况，喜读书，虽贫无立锥而手不释卷，未尝戚戚于生计"。"晚年家甚贫，而其怡然自得亦益甚岁。光绪丁未卒于城东之老学庵，庵则先大父所名也，年八十二，无疾而逝。先是，昭来京拜别之际，曾谕昭曰：'吾无所遗，箧中书若干卷，所著诗若干首，一以付汝，仅藏之无使散失'。"孙女没有辜负祖父嘱托，编辑出版了《老学庵诗词遗稿》。虽为油印，弥足珍贵。

卷尾有揆初写于民国廿有五年二月的跋："从兄研惺先生《老学庵诗词遗稿》五卷，凡诗四百余首，词三十余首，女孙诵昭搜集先人敝箧积年编录者也。先生道德文艺著于乡邦，中经乱离，困于场屋。晚年郁抑，又痛丧明，须鬓皓然，莱妻偕隐，亦吾宗之伤心人也。今读所遗诗若词，笃于彝伦，富于情感，尤能于一代之乡土风俗信手拈来，皆成妙谛，老妪都解，非率尔矣。吾孙最近为先人刻集者，有族孙女卓如为乃父刻《意园遗稿》，颇以为难能。今诵昭复为乃祖父刻《老学庵遗稿》，更为欣企无量。老学庵者，东河禅堂旧址，为女冠岳莲写经画兰胜处。先生《望江南》词第十四首'庭韵'一联，上句即指韵香，下句引吴下阿蒙映山庵阿菊影事也。诵昭写郑荥阳下碑有神悟所作绘事，海内外争获一帧为荣。诵昭亦吾孙女杰哉。"

孙揆初（1868—1941），江苏无锡人，字叔方，号寒厓。清举人。江阴南菁书院卒业，曾留学日本。历任江苏省无锡县县长、国民政府大学院总务厅长、教育部秘书。书法工瘦金体。著有《寒厓集》。

特别值得一提的是，被孙揆初引为自豪的"吾孙女杰"孙诵昭，一生自强不息，成为一名国画家，1952年6月被聘任为中央文史研究馆馆员。

孙诵昭（1878—1968），字宋若，曾用名樗园，笔名平民，江苏无锡人。幼承庭训，亦得力于母教，在国学、书画方面打下基础。1901年与顾雨生结为连理。1905年丈夫病逝，矢志以学问图画自立，旋即走出家庭，到苏州教家馆，并致力研究中西画学。不久到北京，先后任私立女学传习所艺术师范科国文、图画教员，京师女子师范学堂国文、地理、图画教师、级任教师，京师第一蒙养院国文教员。民国成立后，在北京女子高级师范学校、尚义女子师范学校教图画。1920年入北京大学画学研究会，专修中西绘画二年，后又入中国画研究会进修五年。1929年任国立北平大学女子文理学院讲师，兼国立艺专讲师，1932年兼河北省立女子职业学校国画主任教师。抗日战争爆发后，在北平赋闲，以卖字画维持生计，有时教家馆。曾被聘为中国画学会和中国书法学会评议导师。北平解放后在女子中学和迦南孤儿院教国画。为中国美术家协会会员，北京中国画院画师，擅长写生花卉，书法亦有成就。著有《寒灰吟草》、《养拙斋杂俎》等。

此油印本保存完好，品相如新。书内夹有一页北京某公司"红头"便笺，上书"国图存　1册全　民国油印本　孙绍洙撰　孙诵昭编"。有可能是孙诵昭本人或者后人的旧藏。

### 五、《湘潭谭半农先生诗集》

《湘潭谭半农先生诗集》，湘潭半农谭澍青著，民国三十七年上海铅印本，宣纸线装一册，尺寸26.5厘米 ×15.5厘米。

谭澍青，名昭德，学名振楚，更名澍青，字载夫，一字半农，晚号横塘老渔。湘潭县石潭乡横塘人。生于嘉庆二十年乙亥十月二十五日，卒于光绪八年壬午七月十一日，卒年六十有七，学者称半农先生。数举不第，遂绝意仕进，曾在中山、东禅、龙潭诸寺以明经教授乡里循循不倦者垂四十年，人称"秀才王"。工诗词，其于诗歌，根柢汉魏，沉浸唐宋诸贤而不为所囿。偶作律赋，亦蕴籍绵丽，多选刊于《湘城赋钞》，为时圭臬。

《湘潭谭半农先生诗集》由沈尹默题写书名，卷首影印《半农先生花阴课孙图》《半农先生遗墨》。诗集分为三集，其一为《释耒草》，其二为《横塘渔唱》，其三为《集外诗》，共收诗六百一十八首。后附《半农公家传》《半农先生年谱》《半农公本支世系图》。卷尾有民国三十七年戊子秋九月湘潭谭哲偕弟讵声淦撰写的《校印后记》。后记云："先曾祖半农公诗稿《释耒草》、《横塘渔唱》两集于民国三十七年秋间始获汇印于上海，距公之殁盖已六十六年矣。《释耒草》为公少年及中岁之作，约当清同治二年癸亥以前。《横塘渔唱》则始于是年卜居横塘以后，初名《横塘集》。先祖鹤枝公（钜之伯祖即本生祖父）曾恭楷录之，晚年篇什益富，以自号横塘老渔，遂改名《横塘渔唱》。两集均经公手自芟定，当时从游之士固多有录存者。公殁两载而鹤枝公继逝。以家中多故，历祖父两世未能寿之枣梨。数十年来，戚族故旧每以先集印否相询。吾兄弟旅食四方，家居日少，力亦未逮，愧悚不遑也。中经丙寅丁卯两岁乡里之骚扰，甲申乙酉潭邑之陷敌，城野为墟，先人遗墨散失殆尽。《释耒草》原稿虽获幸存，而《横塘渔唱》家藏抄本竟不知落于何处。吾兄弟事先庋藏未密，罪戾滋重矣。丁亥冬日，哲钜劫后晤于金陵，谋刊印遗集。因分函铎淦，咸以速刊相复，斯议乃定。更驰书故旧，极力访寻。幸犹有写本尊藏。求归精抄细校，两集得成全璧。敬谨排印数百部，分赠戚族故旧，以答盛意。至芟余之稿，虽存者不多，亦皆先人精神所寄。吾兄弟不忍割弃，并附卷末为《集外诗》，然非公意也。卷端影印遗墨画像，殿以家传简谱，俾后之子孙读公此集，借可想望仪型，而制行之要，为学之方，亦庶几窥见其一二焉。至公诗旨趣已见两集自序，吾兄弟不敢更求序跋，恐违公意也。知言君子当有以鉴之。"

### 六、《陶楼诗钞》

《陶楼诗钞》，贵筑黄彭年著，1960年1月油印本，竹纸线装一册，尺寸21厘米×12.5厘米。

黄彭年（1823—1891），字子寿，号陶楼、陶庐，晚号更生、遯庵，室名小酉山房、万卷楼。贵州贵筑人。道光二十七年进士，官至江苏、湖北布政史。咸同间与其父（琴坞）在籍办团练，参与镇压苗民起义，并游骆秉章幕，掌教保定莲池书院。著有《万卷楼藏书总目》《莲池日记》《陶楼杂著·文钞》《陶楼诗钞》，叶昌炽称其为师。

《陶楼诗钞》由章士钊题写书名，扉页为"贵筑黄子寿先生遗稿陶楼诗钞　紫江朱启钤编次"，扉页背面牌记为"公元一九六〇年一月紫江朱氏编印黔南丛书之一"。卷首有瞿蜕园《陶楼诗钞序》，瞿序后面是朱启钤《陶楼诗钞识语》，朱文后面是"第四孙襄成恭录"的《陶楼诗钞记》。《陶楼诗钞》共四卷，另附《陶楼诗钞外集》二卷。卷尾有邢端《书陶楼诗钞后》。四篇序跋讲的都是成书经过，最值得一读的是朱启钤《陶楼诗钞识语》，全文如下：

"甲午仲春，中央文史馆濮绍勘过访，告余曰：'最近发现贵州黄子寿先生手写日记四十余册，为其文孙襄成字君伟所保藏秘本。君伟现已卧病在床，家属将以此捐献政府，希望界以文史馆位置。素知我公搜罗贵州乡邦文献，敢以奉闻，公若有意于此，愿为致力说合。'余答曰：'黄寿老吾先君之师，又为至戚也。君伟为吾姨丈再同先生胞侄，其先人秦生为畿辅循吏，民国三年出任四川巡按使，渊源至深，非止桑梓之谊。昔年余校刊再同丈《训真书屋遗稿》，杀青既竟，遍赠乡人，曾向君伟询问其先世遗著可否汇入黔南丛书别集。彼仅以章氏之集资刊行之《陶楼文钞》相示，并谓尽在是矣。其他著作均在长沙堂兄黄厚成手中。厥后贵州文献馆凌惕庵来函征求贵州先贤遗像，邢冕之太史亲诣其家访求琴坞先生及寿老、再同丈三世影像，竟严辞峻拒不与，且诟及同乡谋夺家珍。何以寿老日记手稿倩友代为装池而乡人转不得一见，吁可怪也。兹闻其人已病废不能起，始欲以此作干禄之阶，余不忍坐视。'乃与章行严兄协商，嘱濮君致意慰问。若欲献礼，请先将原书取出，公开阅看。越数日，濮君果赍原书以来呈行老先阅，余亦得于旁席一一审视。虽经其友闽人陈莼衷衬托装订，而中间虫蚀水渍仅余半段，或四边俱残蚀，不堪卒读者尚若干卷。世家文物凋敝若此，诚不胜怆惜。此稿留我家月余，又送冕之参阅。冕之为录出目次一卷，时与地稍觉犁然。濮君奔走其家，君伟喑不能言，仅以石板著粉笔问答。更知其家境凄绝，非得急救济不可。但文史馆绝不能收容笃疾之人，且彼昔曾依附权门，犹为众所瞩目。行老亦爱莫能助。遂以原书返还其家。我只嘱濮君逐日至彼处细审日记，编一年谱，或将其日记中古近体诗录出，以备继再同丈遗稿印入黔南丛书别集，姑存其目，作此幻想而已。不幸濮君亦得心疾，年谱既未编就，君伟又逝世矣，线索因此中断。冕之云，濮君家中留有君伟手抄《陶楼诗集》四册。据其自记，全从日记中录出。其别集则从秦生丈所存卷册抄附若干首，并未分卷。且日记本虫蚀部分断简残字无从辨证之，诗只以失题纪之，以待旁证。君伟抄稿既非一夕一朝之事，编写草率，不免凌乱。濮君继亦身故。黄氏子某来索诗钞原本，我虽手抄一过，尚待与日记一校。问其家人，则云日记全部已卖与书估，只得数百元，为君伟身后丧葬之费。呜乎，惨矣！寿老手写日记如果君伟于廿年前出示我辈，吾与邢君合力共筹一二千元为之刊行，尚属可能。即不然，向贵州文献馆绍介收购，亦不致为负贩者所赚，竟使原书下落无从踪迹也。总之，余交臂之失由于处境拮据正在斥卖长物度日之时，其遗憾抑何可言。兹就抄存《陶楼诗钞》四卷、外集二卷，倩吾表弟瞿蜕园为之审订。再同丈遗稿廿年前本出自蜕园订正方可付刊行。此编关于国故乡献尤巨且长，倘获观成，何幸如之。"

刊印《陶楼诗钞》之时，朱启钤为中央文史研究馆馆员（1953年5月入馆）。《陶楼诗钞识语》中提到的濮绍勘、邢冕之（邢端）、章行严（章士钊）、瞿蜕园（瞿宣颖），除表弟瞿蜕园外，都是中央文史研究馆中人。章士钊时任中央文史研究馆馆长，濮绍勘（1887—1954）、邢端（1883—1959）为中央文史研究馆馆员。

# 展读名家自书诗

　　如今的诗词名家擅书法者极少，如今的书法名家工诗词者几稀。既工诗词又擅书法的文人雅士杳如黄鹤，诗书俱佳的自书诗作已成绝响。我在 20 世纪旧体诗词收藏专题中，顺带收进几幅诗书俱佳的名家自书诗作，显得尤为珍贵。试作展读，兼作"首发"。

## 一、朱启钤行书七言诗（镜片）

　　朱启钤行书七言诗镜片尺幅为 25 厘米 ×23.5 厘米。识文：四十九年经百忧，敢将寸木比岑楼。残枪夜落沉牛渚，孤屿横行断蟹篝。矇叟奏工惟赤手，草人解体剩焦头。天涯飘零劳君忆，三径何堪问兔裘。款识：录旧作《步章行严原韵》　籀云世兄索书聊以应教　蠖公朱启钤书　辛卯十月　时年八十。钤印：朱启钤印（朱）、桂辛（朱）。

　　朱启钤（1872—1964），字桂辛，号蠖公，贵州紫江（今开阳）人。清季举人，京师大学堂译学馆工程提调及监督。民国成立后，任北洋政府交通部总长、代国务总理，后改任内务部总长，兼京都市政督办。在此期间，曾拆除北京正阳门瓮城，改建前门箭楼，开辟中央公园（今中山公园），拆棋盘街千步廊为天安门广场。1916年因筹备洪宪帝制大典被通缉，引咎去职，后被赦免。从1917年起经营实业，先后经办中兴煤矿公司、中兴轮船公司等企业，任董事长。1925年开始筹办中国营造学社，从事古典建筑文献的整理研究。北平解放前夕，朱启钤寓居上海。周恩来曾授意来北平参加国共和谈的章士钊写信给他，劝他留在大陆。上海解放后，周恩来即派章文晋（朱的外孙）接他来京。到京不久，他便以中兴轮船公司董事长的身份同其他常务董事共同努力，把跑到香港的九条货轮召回大陆。1952年中兴煤矿公司改为公私合营，继任董事长。1953年5月被聘任为中央文史研究馆馆员。是第一届北京市政协委员，第二、三、四届全国政协委员。1961年老人90寿辰时，周恩来亲自在全国政协为他主持祝寿活动。

《步章行严原韵》就是朱启钤寓居上海时写给老友章士钊的。新中国成立之初，章士钊曾借住在朱启钤家，后由毛泽东安排住进史家胡同。中国嘉德第77期拍卖会曾拍卖章士钊一幅行书七言诗《寄朱桂老海上》立轴，这件拍品就正是朱启钤"步章行严原韵"之"原韵"诗作。立轴识文为："北来聊可散千忧，端为君家罨画楼。脱帽已看添墨汁，登床长遣护衣簏。名门旧德成蜣尾，新市平林笑白头。他日公归吾再至，不辞三径著羊裘。"款识为："吾曾语，有诗必写寄蠛公，迄未践。顷适枯守寓中，偶有所感，姑录寄朱桂老上海。孤桐章士钊。"

朱启钤这首行书七言诗的受赠人"籣云世兄"，名为马世良，"籣云"是马世良的号。马世良系京城望族马佳氏十五代孙。生于1914年，卒于1989年。马世良一介布衣，旧学功底深厚，工诗词，与章士钊、朱启钤、仇鳌等诗词名家有交往。据马世良之子马延玉先生向笔者介绍，马世良曾在私立小学、私立补习学校任教，曾在中华书局做校对工作多年，中华书局版《四书》就是由马世良校对的。马延玉生于1940年，与仇鳌、李淑一等诗词名家有交往。马延玉珍藏着父亲的诗词稿，有毛笔写的，有钢笔写的，惜未整理印行。

## 二、伍崇学行书五七言诗（横幅）

伍崇学行书五七言诗横幅尺幅为32厘米×60厘米。识文：《寿卿大弟杭居南轩闲眺》：朝暾明云壑，五峰天外落（凤凰山五峰并峙）。城头纸鸢起，仿佛睹飞鹤。慕此远湖居，园菘媚竹箨。松柏何苍苍，桑田实漠漠。闲庭杂花幽，春意到枝头。耦梅色交艳（红绿梅齐放），蔷薇叶已抽。啸傲南窗篠，优游东郭楼。时闻鸟雀语，乐彼凤凰俦（寿弟志妹佳伉俪楼居面对凤凰诸峰）。远树晴光好，长栏岚气收。燕山共情话（寿弟教子有方），美景四时周。《蘅甥东郭闲步》：城头沉漾解闲愁，郭外青山古寺楼。市远人稀鸡犬地，数家茅屋绕清流。款识：壬申孟春《杭居闲咏》之二，录赠泳霞贤侄雅览。伍崇学　书于沪上曝楼。钤印：仲文（朱），崇学之印（白）。

伍崇学（1881—1954），字仲文，号静虑。江苏江宁（今南京）人。1902 年毕业于南京路矿学堂，同年 3 月下旬与鲁迅、张邦华等六位同学前往日本留学，毕业于东京弘文学院。回国后任两江学务处参事。民国初年任北洋政府教育部视学、编纂员。1915 年 3 月至 1917 年 9 月任北洋政府教育部普通教育司司长。1917 年 9 月至 1919 年 12 月任浙江省教育厅长。1921 年 1 月至 10 月任江西省教育厅长。1945 年抗日战争胜利后当选为南京临时参议会参议员。早年曾参加南社。郑逸梅《南社丛谈》附录一《南社社友姓氏录》中有"伍崇学"条。《鲁迅全集》人名索引中有"伍仲文"数条。

伍崇学身为鲁迅同窗同事，官至教育司长、教育厅长，也算得上民国学界要人，未见有著述行世，此幅自书诗作就显得特别珍稀。观其诗作行书，不拘章法，随意挥洒，稚拙可玩。想见其人，也定如闲云野鹤，超凡脱俗，散淡如菊。

### 三、易君左行楷五言诗（镜片）

易君左行楷五言诗镜片尺幅为 25 厘米 ×31 厘米。识文：暮霭笼苍岭，清郊叠碧茵。流霞红似火，飞鹭白如银。青蔗高三丈，黄蕉重十斤。远东千万地，谁不羡台民。款识：台南县途中　君左。钤印：易君左章（白）。

　　易君左，学名易家钺，字敬斋，笔名康萄父、意园。湖南汉寿人，1899 年生。祖父易佩绅（字笏山，人称函楼先生）是清朝咸同年间一位有名的儒将。父亲易顺鼎（字中实、实甫，亦作硕父，又号哭庵）是光绪举人，官至广东钦廉道，才思横溢，是近代中国一位大诗人。君左幼时就读长沙明德学校小学部，十岁随父客岭南，即学为诗。辛亥革命后，父亲在北京做官，又随母北上，入北京市第四中学。父亲见他对文学有兴趣，每周都带他到宣武门大街的江西会馆参加寒山诗社的诗钟集会。年仅十余岁的君左，夹在一群硕学的老名士里，居然也两次被选为诗钟“状元”。中学毕业后，他考入北京大学。大学毕业后，东渡日本，进早稻田大学读政治经济。1918 年在日本因创办华瀛通信社反日救国被逐，牺牲学业回国，在上海中国公学教书，兼任上海泰东书局编辑。不久，参加少年中国学会。20 年代初期，与郭沫若、成仿吾、郁达夫等共事，出有诗歌兼小说集《西子湖边》，极具文名。后来离开上海去安庆，任安徽公立法政专门学校教员。1924 年在长沙加入国民党。1926年投笔从戎参加北伐，任国民革命军第四十军军部主任秘书兼政治部主任。1930 年回长沙任《国民日报》社长并创办《长沙晚报》。翌年任国立安徽大学教授及民国日报社社长。1938年秋携眷由湖南辗转到重庆，任职于军委总政治部编审室、中央文化运动委员会、全国作家协会等单位。抗战胜利后回到南京，旋赴上海任和平日报社副社长兼副主编，与该报罗敦伟社长等人鼓吹民族文学。1947年调任兰州和平日报社社长，两年后离职回沪，创办《新希望》周刊。1949年底全家乘飞机去台湾，后又转香港。1951年主编《星岛日报》副刊。1953年进美国创办的"编译所"工作。1959年任教香港浸会学院。1967年9月全家到台湾定居，出任台湾政工干校教授兼台湾银行监察人。1972年3月17日因患肠疾病逝于台北。

易君左家学渊远，才高资绝。他不但是名诗人，而且是散文高手，尤长撰写游记，且精于书画，是诗文书画无不精工的典型文人。他的遗著，包括论著、游记、传记、回忆录、散文、小说、剧本及诗词等共60余种，代表作有《闲话扬州》《易君左游记精选》《君左散文选》《君左诗选》。《君左诗选》于20世纪50年代初由香港大公书局出版，在港台地区和东南亚一带都拥有很高的声誉。

根据自书诗作镜片的纸张推断，《台南县途中》当写于1967年9月易君左全家定居台湾之后。整首五律仿佛一幅风景画，且又平白如话，不愧为游记高手的写景杰作。全诗包括诗题落款仅47字，加上钤印，排列成横六竖八的整齐阵容，用横平竖直的行楷书之，别具一种形式之美。近年海内外拍场上见到的易君左自书诗作，大多是狂放不羁的行草，如此正襟危坐的行楷则为仅见。

### 四、黎泽泰行书七言诗（中堂）

黎泽泰行书七言诗中堂尺幅为 130 厘米 × 34 厘米。识文：凤竹庵前晓雾生，闲吟无限古今情。湖堤处处皆非旧，新种蕉林雪打声。

仲雅风流酒一卮，吟成刚被雨湖知。当时已讶无名辈，犹道徐凝有恶诗。　白马骊驹咏可哀，平途堪并禹切开。后人那识泥行苦，芒履棕鞋得得来。　故陵村畔落牛滩，比似瞿塘上下难。寄语行人莫回首，一江流绕万山寒。款识：癸卯闰月戬斋黎泽泰。钤印：黎泽泰印（白），戬斋六十后书（朱）。

黎泽泰，字尔谷，号戬斋，湖南湘潭人，1898 年生。其祖父黎培敬，道光翰林，官至贵州、江苏巡抚，当时有清廉正直的声名，殁后谥文肃。其父黎承礼，光绪甲午翰林，清末任湖南高等学堂监督。黎泽泰受家庭教育影响，未入学校，先在家读私塾，后潜心研究金石文艺和古典文学多年。1920 年在谭延闿湘军总司令部任秘书处二等书记。1922 年在赵恒惕省长公署任秘书处文牍。1935 年 6 月起在芷黔麻晃靖会绥通行政区专员张其雄属下当秘书，行政公署设黔阳。1940 年 8 月任西南游击干部训练班办公厅秘书、科长，驻地江西修水。抗战胜利后，仇鳌筹组湖南省文献委员会，被聘任为文献委员会专任委员兼总务组长，兼作湖南省志古物材料编纂委员。新中国成立后，经其叔父黎锦熙及程星龄提名后，被安排为湖南省文物管理委员会委员兼审查组副组长。1955年任湖南省人民委员会参事室参事。1978年在长沙逝世，享年81岁。

黎泽泰出身书香门第，夙承家学，善篆刻，崇尚秦汉，精于缪篆。书法善真、草、隶、篆各体，尤精小欧楷书，有作品藏于日本出版的《中国书法作品集》。在黔阳芙蓉楼曾见张其雄撰文黎泽泰书写的一方楷书碑刻，古朴苍劲，很有功力。

黎泽泰早年参加南社湘集，诗古文辞均佳。有《星顾庚辛后诗稿》《戢斋诗稿》稿本藏于湖南图书馆。

此幅行书七言诗中堂书写于1963年5、6月间，为四首独立成篇的七言绝句，未见于《星顾庚辛后诗稿》《戢斋诗稿》两册稿本，当为1963年的新作。四首绝句的诗题限于篇幅没有写入中堂，其一、其三、其四为写景之作，其二为纪事之作。纪事之作中的"仲雅"为美籍华人学者、诗人、书画家蒋彝。蒋彝（1903—1977）字仲雅，一字重哑，江西九江人，1925年毕业于东南大学，曾投身于北伐战争，又曾先后在芜湖、当涂、九江等地从事行政工作。1933年到英国后，一直留居在国外。

著有《蒋仲雅诗》。此作忆及与仲雅的诗交，钦佩仲雅的卓识，当为祝贺仲雅六十华诞之作。诗中"雨湖"为湘潭名胜，"徐凝"为唐代诗人。整幅中堂用行楷书写，大气磅礴。

## 五、荒芜楷书七言诗（立轴）

荒芜楷书七言诗立轴尺幅为 68 厘米 × 22 厘米。识文：海滨驱石血殷鞭，北筑长城近塞边。徒使李斯除逐客，空教徐福访真仙。沙丘落日风吟树，博浪惊魂月堕天。地下本来无敌国，何需兵马俑三千？款识：观骊山兵马俑，书应耀明先生雅嘱，荒芜。钤印：荒芜（朱）。

李荒芜，原名李乃仁，笔名荒芜、黄吾、叶芒、方吾，安徽凤台人，1916 年生。1933 年在上海复旦大学实验中学毕业后，入北京大学历史系，以英语为副系，听过胡适、顾颉刚、傅斯年、陈垣、闻一多、朱光潜、梁实秋诸先生的课，1937 年北大毕业。1941 年起在重庆经郭沫若介绍，任苏联驻华大使馆语文教员。1945 年到美国檀香山太平洋美军司令部语言训练中心任教。1946 年任上海《文汇报》编辑。1948 年进晋冀鲁豫解放区，在邢台北方大学文艺学院任研究员，不久改任正定华北大学研究部研究员。新中国成立后到北京，先任《争取人民民主，争取持久和平》杂志中文版主编，又到华文出版社任图书编辑部主任。1956 年冬任中国社会科学院文学研究所研究员。1957 年被错划为右派，下放北大荒劳动。1960 年底返京，在文学研究所当资料员。十年文革，受到冲击，先进"牛棚"，后入干校。1979 年彻底平反，调中国社会科学院外国文学研究所任研究员。1982 年 11 月离休。1995 年 3 月逝世，终年 79 岁。

荒芜长期从事文学翻译和创作，对美国文学研究颇深，较早向我国读者介绍了惠特曼、朗费罗、马尔兹和奥尼尔。对中国古典文学造诣很深，晚年以带打油诗味的旧体诗在我国诗坛独占一席，闻名海内外，得到俞平伯、朱光潜等专家的很高评价。诗词代表作有《纸壁斋集》《纸壁斋续集》《麻花堂集》《麻花堂外集》。

《观骊山兵马俑》这首诗写于 20 世纪 80 年代中期，收入 1989 年广东人民出版社出版的《麻花堂集》。此题共三首，写入立轴的为三首之二，是三首中写得最好的一首。此幅立轴用标准的正楷书写，比收入《麻花堂集》的作者手迹《神女峰赠神女》写得还要工整。受赠人鲍耀明（1920—2016）为香港收藏家，是周作人晚年通信及贸易往来最多的境外友人，与内地许多资深作家都有交往。

### 六、徐佩行书七言诗（横幅）

徐佩行书七言诗横幅尺幅为 36 厘米 × 102 厘米。识文：掘土修枝露未干，种花强似买花看。小园日日添新绿，但见初芽戏薄寒。　蝉鸣高树午风凉，睡醒花阴看蚁忙。忽听客临身畔笑，先生闲处有文章。

吾家蟋蟀住新笼，絮语浑如草泽中。同窗少年曾作伴，至今低咏学秋虫。　　　坐拥熏笼又岁阑，雁声横渡楚云端。偶移书案南窗下，一首春词映雪看。款识：年来病休做诗遣兴，选抄几首，题曰《老年四时乐》，淑纯大姐两正。甲子金溪徐子柏。钤印：徐佩（朱）、子柏（朱）。

徐佩，字子柏，江西金溪人，1917年生。其父系清朝秀才，办私塾授业为生。家中兄弟二人，其为长子。幼年入私塾启蒙，1926年入临川县第一小学学习，1933年2月考入临川私立辅仁中学。后转入辅仁初级职业学校，1935年毕业后留校任教员，常在报刊上发表文章。1937年担任《临川日报》周刊编辑。1937年11月从军，先后在九江、长沙、重庆、福州、台北的国民党部队中任二等兵、准尉司书、少尉译电员、中尉秘书、上尉作战参谋、上尉军械员、少校课员、少校区队长。1946年10月退出现役来到长沙。1949年1月，任湖南省政府人事科科员。1949年9月，任湖南临时省政府秘书处股长。1950年4月后任湖南省人民政府办公厅收发股长、研究室研究员。1964年任湖南省人民委员会参事室秘书，1989年任湖南省人民政府参事。1998年7月去世，终年82岁。

徐佩有深厚的旧学功底，长期从事文秘工作，工诗词，擅书法。《全球当代诗词选集》曾收入徐佩诗六首、词一首，作者简介中有"现任长沙楚风诗社副社长"。横幅中书写的七绝组诗《老年四时乐》，用家常俚语叙写退居生活，涉笔成趣，放在任何时代的任何选本中都不失为上乘之作。

# 我最钟爱的"最后的贵族"

中国古典诗词创作在 20 世纪"沦"为"旧体诗词"是一个奇特的文学现象。尽管 20 世纪的各种文学史对这个世纪的旧体诗词绝口不提，但旧体诗词仍以其顽强的生命力在新诗与白话诗的夹缝中顽强地喷发，逐渐形成一个蕴藏着巨大学术价值的文学富矿。保护和开采这座富矿，已成为中国诗歌研究的重要课题。已有学者高度评价现代旧体诗的艺术成就"仅次于唐、宋，而高于元、明，大体与清诗持平"。（杨剑锋：《被遗忘的诗歌史》，《读书》2006 年第 11 期。）

我的"二十世纪旧体诗词线装本"（规范称谓应为"现代诗词别集"）收藏专题，初始定位于"民国旧体诗词线装本"收藏，后来前推至 1900 年、后延至 1999 年，成为一个以世纪为单位的文体收藏专题。凡是生活在 20 世纪（"活到了 20 世纪"也算）的诗人刊印于 20 世纪的旧体诗词线装本，都在收藏之列。按照这个定位，我收藏了两百多部旧体诗词线装本，从中精选出一百部，以刊印时间为序，编制出第一份《二十世纪旧体诗词线装本目录》，拟写成一部专著《百集交感录》。兹将这份目录展示如下。

1902 年

《见山楼诗稿》四卷，戴恩溥瞻原撰，未刊稿本，竹纸线装一册，尺寸 19 厘米 ×13 厘米。光绪壬寅年六月戴恩溥自序于柳江官署之见山楼。

1913 年

《鸥影词钞》六卷，常熟言家驹撰，民国二年言氏家集本，白纸线装一册，铅印本，尺寸 25 厘米 ×14 厘米。林纾、言敦源跋。

1916 年

《春云阁吟香诗草》，湘上渔人行健曾运鸿、镇东柳人玉秀袁芳云合著，红格稿本，竹纸线装一册，尺寸 25 厘米 ×13.5 厘米。卷首有"中华　国洪宪元年岁次丙辰孟春月穀旦曾运鸿自序"。

《栩园丛稿》，天虚我生著，民国丙辰家庭工业社铅印本，香雪楼藏版，白纸线装四册，尺寸 19 厘米 ×13 厘米。含初编之二诗集（上）、初编之三诗集（下）、初编之四词集、二编之二香雪楼词。

1917 年

《盍簪书屋遗诗》，吴江吴鸣钧云璈撰，民国丁巳年铅印本，白纸线装一册，尺寸 26 厘米 ×15 厘米。沈昌眉序。

《安塞斋丛残稿》，英华著，民国六年铅印本，白纸线装一册，尺寸25厘米×15厘米。张秀林序，陶觉民跋。

1922年

《过江集》，天津高凌雯撰，民国壬戌年木刻本，白纸线装一册，尺寸29厘米×17.5厘米。

《丽春楼诗选》七卷，广陵洪砚珠字杜青撰，1922年木活字本（牌记为"壬戌仲秋仿聚珍版印"），竹纸线装一册，尺寸25.5厘米×14厘米。唐群英跋。

《天放楼诗集》九卷，吴江金天羽松岑撰，壬戌年中秋初版（上海有正书局铅印本），竹纸线装二册，尺寸25.5厘米×15.5厘米。

1923年

《秋根诗钞》，嘉定徐鼎康锡丞撰，民国十二年铅印本，《徐季和先生桥梓遗稿》之二（中卷），白纸线装一册，尺寸26.5厘米×15厘米。韩国钧序。

1924年

《花隐老人遗著》诗二卷，家训二卷，附录一卷，潜江甘树椿雨亭著，甲子年上海聚珍仿宋印书局印，白纸线装一册，尺寸25厘米×15厘米。蔡寅序，蒋羲明跋。

《养云楼诗钞》十三卷，古敏州谢鹤年著，太岁甲子稻香书屋初刊，木刻本，竹纸线装四册，尺寸23.5

厘米 ×15.5 厘米。收入作者甲戌（1874 年）至壬戌（1922 年）诗作。

1925 年

《曼陀罗庥词》，嘉兴沈曾植著，商务印书馆民国十四年再版，铅印本，白纸线装一册，尺寸 27 厘米 ×15.5 厘米，版心 17 厘米 ×10.5 厘米。朱孝臧署签。

1926 年

《藕庐诗草》，吴兴金城拱北撰，丙寅夏五月铅印本，白纸线装一册，尺寸 26 厘米 ×15 厘米，版心 12.5 厘米 ×8 厘米。朱孝臧署签，宝熙、李汝谦序。作者钤印本。

《石雪斋诗稿》四卷，武进徐宗浩养吾著，丙寅年铅印本，白纸线装一册，尺寸 27 厘米 ×15 厘米。严修、成多禄署签，王守恂、赵苇序。

1927 年

《松客诗》，辽阳黄式叙黎雍著，丁卯夏六月印，中国印刷局代印，铅印本，宣纸线装一册，尺寸 19.5 厘米 ×12 厘米，版心 12 厘米 ×9.5 厘米。朱孝臧署签，陈诗序。

1928 年

《玉壶长恨集》二卷，玉壶恨客徐正希著，戊辰年惜余春馆藏版，铅印本，白纸线装一册，尺寸 24.5 厘米 ×14.5 厘米。杨士骢署签，田毓璠、彭大年序。

《绣余草》，安岳陶先畹香九初稿，民国十七年上海商务印书馆代印，聚珍仿宋字排印本，白纸线装一册，尺寸 26 厘米 ×15 厘米。陈三立、吴敬恒题词，胡适、江庸、伍辉裕序。

《雁行集诗钞》(附词)，长沙陈廷辉兄弟姐妹九人合著，岁在戊辰七月印于长沙，铅印本，白纸线装二册，尺寸 24.5 厘米 ×14 厘米。

1929 年

《晚红轩诗存》二卷（附词、附联语），梁溪邹文雄纬辰著，民国十八年上海群众图书公司代印，铅印本，白纸线装一册，尺寸 20 厘米 ×13 厘米。范廷铨、邹彀、邹登泰序。

《白屋吴生诗稿》前卷，吴芳吉碧柳写，民国十八年聚奎小学丛刊本，成都美利利印刷局刊布，红蓝黑三色铅印本，宣纸线装一册，尺寸 23.5 厘米 ×14.5 厘米。张谦署签，吴宓通信代序（红印）。

1930 年

《荒原词》，顾随著，民国十九年铅印本，初版印五百部，白纸线装一册，尺寸 24 厘米 ×14.5 厘米，版心 12.6 厘米 ×8.8 厘米。卢宗藩序。作者签赠本，燕南顾谦旧藏。

《爱晚轩诗存》，民国十九年铅印本，竹纸线装一册，尺寸 26 厘米 ×15 厘米。程瞻庐序，彭亚粹跋。

《祝佐平先生遗著》，民国十九年崇民报馆刊，崇明县地方印刷所校印，蓝色铅印本，白纸线装一册，尺寸21厘米×14厘米。

1931年

《旧京文存》八卷，《诗存》八卷，孙雄著，辛未孟夏铅印本，尺寸27厘米×16厘米。铸翁自署、自序。

《天虚我生近稿·半亩园集》，陈栩著，民国二十年铅印本，汉文书局印，白纸线装一册，尺寸20厘米×13厘米。午昌署签。

1932年

《天放楼诗续集》五卷（附《红鹤山房词》），吴江金天羽松岑撰，民国二十一年苏州国学会印行（《天放楼续集》之一），铅印本，白纸线装一册，尺寸27厘米×17厘米。陈彝署签，陈衍、诸祖耿序。许莘农旧藏。

《松泉游草》六卷，姚安赵鹤清松泉著，民国二十一年九月印行（牌记为"壬申秋日印于金陵"），铅印本，白纸线装六册，尺寸24.5厘米×14厘米。杨杰署签，由云龙、周传性、王灿芝序。作者签赠本。

《市声草》，王礼锡著，神州国光社民国二十一年二月初版印行，铅印本，白纸线装一册，尺寸28厘米×12厘米，版心16.5厘米×8厘米。君匋署签，胡适、赖维周、陆晶清序。

1933 年

《凤儒诗草》，献县史树璋凤儒撰，民国癸西年铅印本，竹纸线装一册，尺寸 26.5 厘米 ×15 厘米。

《沤社词钞》，民国癸西年铅印本，白纸线装一册，尺寸 26 厘米 ×15 厘米。潘飞声、王西神署签。共收二十九位词家二十个词调（二十集）二百八十四阕词作。

《近人绝句三百首》，任霞明虹射录，民国二十二年上海好风诗社出版，铅印本，白纸线装一册，尺寸 20 厘米 ×13 厘米。

1934 年

《苦水诗存　留春词》，顾随著，民国二十三年铅印本，初版印五百部，白纸线装一册，尺寸 24 厘米 ×14 厘米，版心 12.5 厘米 ×9 厘米。知堂署签。

《天啸楼诗》五卷，潮安饶锷撰，民国二十三年铅印本，白纸线装一册，尺寸 26 厘米 ×15 厘米。蔡兰生署签，郑国藩、杨光祖序，长男宗颐跋。

《长公吟草》四卷（附《长公词钞》），吴江沈昌眉著，民国二十三年铅印本，白纸线装二册，尺寸 26 厘米 ×15 厘米。契宁、吴梅署签，柳弃疾、沈昌直序。

1935 年

《覃研斋诗存》二卷（附少作一卷），武进赵椿年坡邻撰，民国己亥年木刻本，白纸线装一册，尺寸 30 厘

米 ×16.5 厘米，版框 17 厘米 ×12.5 厘米。夏孙桐署签，陈三立题词。

《钩心集诗草》，浙东陈之锜子樵氏著，民国二十四年五月初印，上海中华书局大号聚珍仿宋字排印本，白纸线装一册，尺寸 20 厘米 ×13 厘米，版心 12 厘米 ×8.5 厘米。

《沧江诗钞》五卷，长沙许崇熙季纯著，受业彭家骙辑录，乙亥仲秋长沙彭氏樱成室刊，铅印本，白纸线装一册，尺寸 24.5 厘米 ×14.5 厘米。徐桢立署签，袁思亮、陈祖壬序。

《鞠厂文稿》六卷，闽县黄孝纾著，民国乙亥年铅印本，江宁蒋氏湖上草堂丛刊之一，白纸线装二册，尺寸 26 厘米 ×15 厘米。陈三立署签，董康、夏敬观、李宣龚、叶玉麟、袁思亮、刘承干、曾克耑、蒋国楠序。作者签赠本。

《忆梅庵诗词稿》七卷，贾修龄著，民国二十四年汉口江汉印书馆铅印本，白纸线装一册，尺寸 18.8 厘米 ×13.2 厘米。汤锐序，胡芝湘跋。

1936 年

《宽庐遗集》三卷，彭泽高超印佛撰，民国二十五年铅印本，白纸线装一册，尺寸 24.5 厘米 ×15 厘米。邹鲁署签并序，彭元劼跋。

《不匮室诗钞》八卷，诗余一卷，番禺胡汉民展堂撰，番禺冯康侯恭缮，中华民国二十五年十月二十五日国葬典礼委员会印，写印本，白纸线装二册，尺寸27厘米×15厘米。林直勉署签，陈衍、冒广生、大厂居士序。

《念石斋诗》五卷（附古乐府一卷，诗余一卷），巴县梅际郇撰，民国丙子年铅印本，白纸线装一函二册，尺寸25厘米×14厘米。傅增湘署签，杨庶堪序。

《澹吾庐诗钞》，宁河王念典心研著，丙子重九印于济南，铅印本，白纸线装一册，尺寸26厘米×15厘米。张铭礼署签。

《远明堂诗草》，建康朱士焕燮辰氏著，时在丙子仲秋刊印，天津鼎盛印字馆刊，铅印本，白纸线装一册，尺寸27厘米×15.5厘米。单荫堂序。

1937年

《无盦词》，饶平詹安泰祝南撰，民国丁丑年仿宋排印本，白纸线装一册，尺寸26厘米×15厘米，版心14厘米×9厘米。夏承焘署签。作者签赠本，罗倬汉（孟韦）旧藏。

《耳顺集》（附《丁戊余生草》），天虚我生著，民国丁丑年铅印本，白纸线装一册，尺寸15厘米×9厘米，版心9.8厘米×7.3厘米。沧萍署签，作者自识（序）、附志（跋）。

《南园诗集》，长沙曹广权东寅撰，民国丁丑年大字排印本（牌记为"印于丁丑冬日鄞县高振霄署"），白纸线装一册，尺寸 29.5 厘米 ×18 厘米。陈三立序，章梫跋。

《味隐遗诗》，古华亭雷补同谱桐著，民国丁丑年铅印本，白纸线装一册，尺寸 26 厘米 ×15 厘米。沈卫署签，朱运新序。

1939 年

《一尺园诗词》，武进董迪光著，民国己卯年铅印本，白纸线装一册，尺寸 18 厘米 ×11.3 厘米，版心 12.5 厘米 ×8.5 厘米。杨其焕署签，李光宇跋。

《飞絮集诗草》，吴县严敬文著，民国己卯年铅印本，白纸线装一册，尺寸 22 厘米 ×13.5 厘米，版心 16 厘米 ×9 厘米。鄂涢第一痴人序。

1940 年

《硕果亭诗》上下卷（附《墨巢词》、《硕果亭诗续》），闽县李宣龚著，庚辰二月铅印本，白纸线装三册，尺寸 26 厘米 ×15 厘米。觐冕署签，杨钟羲、陈诗、林纾序。

《今觉庵诗》四卷，至德周达梅泉撰，庚辰年铅印本，牌记为"太岁在上章执徐用仿宋聚珍版排印"，白纸线装二册，尺寸 26 厘米 ×15 厘米。陈曾寿署签，陈诗、陈祖壬序。

《无离堪诗拾》，闽县王鸿烑著，民国庚辰年仿宋排印本，白纸线装一册，尺寸29厘米 × 17厘米。郭则沄署签，周善培、郭则沄序。

《度帆楼诗稿》上下卷，上海孔祥百志怡遗著，民国二十九年铅印本，鹤和堂藏版，白纸线装一册，尺寸25.5厘米 × 15厘米。朱积诚署签，秦锡田、朱家驹序，孔令甲跋。

《伏枥轩五种诗钞》，湖口杨赓笙著，庚辰双十节铅印本，宣纸线装一册，尺寸25厘米 × 18厘米。李拙翁署签，闵孝吉、陈鉴阳、郭景新、张浦泉序。

1941年

《稻农吟草》，南苏阁传绂稻农著，康德辛巳年铅印本，白纸线装一册，尺寸26.5厘米 × 15厘米。袁金铠署签，囊吾、王惕、黄式叙、邱任元序。

1942年

《庚午酬唱集》，临淮郭大竹书初稿，众友朋唱和，民国三十一年铅印本，宣纸线装一册，尺寸18厘米 × 10.6厘米。

《自苏室烬余稿》四卷，附录三卷，赞皇李自苏著，民国三十一年铅印本，棉纸线装一册，尺寸20厘米 × 12.5厘米。李培基、刘文瀚序，任诚周跋。

1945年

《天人合评吹万楼望江南词》，高燮著，民国三十四年七月出版，铅印本，白纸线装一册，尺寸19.5厘米 ×

13 厘米。陈运彰序。作者钤印持赠本。

1946 年

《雍园词钞》，沈祖棻等著，民国三十五年杨公庶刊于巴县沙坪坝之雍园，刊沈祖棻《涉江词》等九家词，宣纸线装一册，尺寸 20.5 厘米 ×13 厘米。杨庶堪序，乐曼雍跋。

《劫灰集》，古梅李西浪著，民国三十五年正楷体大字排印本，白纸线装一册，尺寸 29 厘米 ×16 厘米。李铁民、傅无闷序。作者签赠本。

1947 年

《吹万楼诗》十八卷，金山高燮著，民国三十六年十二月铅印本，袖海堂藏版，白纸线装四册，尺寸 25 厘米 ×15.5 厘米。钱崇威、陈名珂署签，孙儆、瞿蜕、姚鹤雏序，沈世骐跋（校毕记）。

《天放楼诗季集》七卷（卷十五至卷二十一，附《红鹤词》），吴江金天羽松岑撰，丁亥孟秋铅印本，白纸线装一册，尺寸 27 厘米 ×17 厘米。由笙、王大隆署签，陈旭旦跋（校勘记）。

《邵西诗存》，黎锦熙著，民国三十六年铅印本（根据北平经世日报三十六年附出文献周刊纸型印成若干册），白纸线装一册，15 厘米 ×10.3 厘米。

1948 年

《止庵诗存》上下卷，《止庵诗外集》，至德周学熙缉之著，中华民国三十七年七月初吉至德周氏藏版，仿宋排印本，白纸线装三册，尺寸26厘米×15.5厘米。沈尹默署签，张元济序。

《沧江诗文钞》诗三卷，文三卷，词二卷，1948年长沙天灯巷公益印书馆印刷兼代售，铅印本，白纸线装一册，尺寸26.5厘米×15厘米。彭家骙署签，袁思亮、陈祖壬、曹典球序。

1951年

《沈信卿先生文集》诗存六卷，文存四卷，附卷四卷，沈恩孚著，1951年铅印本，白纸线装三册，尺寸25.5厘米×15厘米。唐文治序。

1952年

《龙苪溪先生遗书》，攸县龙绂瑞苪溪著，一九五二年十二月长沙龙氏校印一百部分寄家人戚友以为纪念，收龙氏遗著《武溪杂忆录》《苹香榭诗存》，白纸线装一册，尺寸19.5厘米×13厘米。章士钊诗序，李肖聃诗跋。卞孝萱旧藏。

1953年

《天静庐诗存》，梅县钟动撰，1953年正楷大字排印本，广州教育路十六号蔚兴印刷厂承印，白纸线装一册，尺寸26.5厘米×15.5厘米。丘哲序。罗倬汉（孟韦）旧藏。

《倬庵遗稿》，邵章著，1953年油印本，北京市西单区石板房九号前进打字誊写社承印，白纸线装一册，尺寸 26 厘米 ×18.5 厘米。收《倬庵诗稿》、《倬庵文稿》、《倬庵自订年谱》。

《词苑珠尘》，江阴何震彝著，癸巳年油印本，宣纸线装一册，尺寸 28 厘米 ×16 厘米。陈名珂跋。封面有叶遐庵整版墨笔题记。

1954 年

《雪泥诗集》，云间孙鸿著，甲午年绿格铅印本，宣纸线装一册，尺寸 18 厘米 ×10 厘米，版心 11 厘米 ×7 厘米。朱复戡署签。

《忘山庐诗存》，钱塘孙宝瑄仲屿著，1954 年油印本，竹纸线装一册，尺寸 28 厘米 ×16.5 厘米。钱崇威署签并序，朱诵韩等跋。

1956 年

《含光诗》上下卷，陈含光手写所作诗，民国四十五年二月台初版，正中书局印行，自写影印本，竹纸线装二册，尺寸 27 厘米 ×19 厘米。

1957 年

《负斋诗词》，杭县王耒耕木著，1957 年油印本，宣纸线装一册，尺寸 25.5 厘米 ×15.5 厘米。《负斋诗钞》存诗六百六十首，《负斋词钞》存词一百一十首。黄复序。

《补斋诗存》三卷，江恒源著，1957 年油印本，竹纸线装一册，尺寸 26 厘米 ×15 厘米。存诗一千零二十首。

《慎园诗选》十卷（附《慎园诗选余集》一卷），沔阳卢弼慎之著，1957年油印本，竹纸线装二册，尺寸29.5厘米×16.5厘米。王福庵署签，钱锺书序。

1959年

《若庵诗存》，江阴缪子彬著，己亥年油印本，竹纸线装一册，尺寸28厘米×16厘米，版心13厘米×9.5厘米。宋小坡署签，陈名珂跋。

1961年

《龙岩诗钞》，石埭沈曾荫仰放著，辛丑年油印本，汪巩庵选校本，白纸线装一册，尺寸25厘米×15厘米，杨文轩序。

《一峰诗存》，新会陈一峰著，辛丑年香港铅印本，白纸线装一册，尺寸25厘米×15厘米。章士钊、沈尹默署签，叶恭绰、黄居素序，张稚琴跋。

1962年

《龙岩诗词合钞》二卷，石埭沈曾荫仰放著，壬寅年油印本，白纸线装一册，尺寸26厘米×17厘米。何奭甫序。

1963年

《龙岩诗钞续选》，石埭沈曾荫仰放著，癸卯年油印本，白纸线装一册，尺寸26厘米×16厘米。李觉鸣序。

《流霞集》《暹韵小集》，罗元贞著，难老园初稿，1963 年油印本，白纸线装二册，尺寸 26 厘米 × 13.5 厘米。封面书名由作者毛笔书写并钤印。

《李景康先生诗文集》，南海李景康凤坡著，民国五十二年六月一日初版，铅印本，香港永德印务承印，白纸线装一册，尺寸 27 厘米 × 15 厘米。冯秉华跋。

《枝巢九十回忆篇》，江宁夏仁虎著，1963 年香港铅印本，白纸线装一册，尺寸 26 厘米 × 15 厘米，版心 14 厘米 × 10 厘米。陈一峰序。

《无梦庵遗稿》，吴江沈兆奎羹梅著，1963 年仪征张氏默园铅印本，宣纸线装一册，尺寸 25 厘米 × 14.5 厘米。张宗祥署签，卢慎之、谭光序，赵钫跋。

1964 年

《慎园丛集》，沔阳卢弼慎之著，1964 年油印本，竹纸线装一册，尺寸 29.5 厘米 × 16.5 厘米。收《慎园诗选余集》卷二、《慎园词》、《慎园文选余集》。陈名珂署签。

《儋麋居诗稿》上下卷，杭州姚亮義民著，公元一九六四年岁次甲辰十月写印，竹纸线装一册，尺寸 29 厘米 × 16 厘米。王禔署签，徐行恭序。

1967 年

《澹园随兴》，黄杰著，民国五十六年铅印本，白纸线装一册，尺寸 24.5 厘米 × 13.5 厘米。彭醇士、易君左题诗，作者自序。

《十年诗卷 定山词合刊》，钱塘陈蘧定山著，民国五十六年一月台初版，正中书局印行，铅印本，白纸线装一册，尺寸18.5厘米×13厘米。黄伯度、江絜生、卢元俊序。

1968 年

《暮远楼自选诗》，瑞安伍俶叔傥著，民国五十七年十一月香港中文大学崇基学院刊印，铅印本，白纸线装一册，尺寸21厘米×13厘米。

1972 年

《风雨楼诗剩》，宁远萧艾撰，蓝格稿本，成稿于1972年，蓝格文稿纸钢笔书写，毛装一册，尺寸35厘米×25厘米。壬子除夕萧艾跋于资江东坪龟台山上。

1978 年

《瞿髯诗》，夏承焘著，无闻注释，1978年油印本，宣纸线装一册，尺寸23.5厘米×14.5厘米。无闻署签，作者小跋。

1980 年

《大铁词残稿》，曹大铁著，庚申年冬油印本，宣纸线装二册，尺寸22厘米×13厘米。葛介屏、钱萼孙序。作者签赠本。

1981 年

《半邨诗集》四卷，附录集外诗，晋江林骚醒我氏著，一九八一年据民国三十四年铅印本重印，集外诗油印，白纸线装二册，尺寸25厘米×13厘米。林琛序，陈泗东跋。

1982年

《梦苕庵诗存》丁戊己卷《梦苕庵词》，常熟钱萼孙仲联著，壬戌年油印本，宣纸线装一册，尺寸24.5厘米×14厘米。钱学增跋。

1985年

《邹厓先生诗集》五卷，顺德何藻翔著，1985年香港张丹意兰画舍藏本刊本，铅印本，白纸线装一册，尺寸26.5厘米×16厘米。伍宪子、温中行、傅子余、张丹序，张丹跋。

1989年

《东湖山庄诗稿》，南汇苏裕国局仙著，1989年12月上海市文史研究馆编印，铅印本，白纸线装一册，尺寸26厘米×15厘米。汪道涵署签。

1995年

《老学斋诗钞》三卷，鄞县周湜采泉稿，晚学温岭陈诒敬编，1995年写印本，宣纸线装一册，尺寸27厘米×16厘米。戴维璞序，陈诒跋。作者签赠本，卞孝萱旧藏。

精兵五千，爱将一百。我最钟爱的这一百部旧体诗词线装本中，有稿本3部，木刻本3部，木活字本1

部，油印本 17 部，写印本 3 部，铅印本 73 部。有的开本宏阔，字大如钱；有的开本小巧，字细如蚁。标明印数者，最多才印五百部，最少仅印一百部。多为自刻自印，纸墨精良，不愧为中国文学"最后的贵族"。

欲知这些"最后的贵族"都说了些什么，且听下一部专著分解。